獅口虎橋

獄中手稿（一）龍榆生

詞學十講初稿《倚聲學》二冊

書評讚譽

僅只一人的事跡和資料，卻足以讓我們跳脫傳統視野，
對近代中國的歷史經驗得到嶄新的認識。

美國聖邁可學院歷史學系榮譽退休教授　王克文

這套歷史文獻，見證了一個民族主義與和平主義
的信仰者，在天翻地覆的大時代裡，曲折離奇
的救亡經驗。它是認識汪精衛，也是理解這個時代
特質不可或缺的材料。

前東海大學文學院院長　丘為君

非歷史學家左湊右湊的「證據」，它是一手資料，
研究近代史的人都要看這套書不可！

《春秋》雜誌撰稿人、歷史學者　李龍鑣

為華文世界和大中華文化圈的利益計，
這套書值得我們一讀。

著名傳媒人　陶傑

過往對汪精衛的歷史評論，多數淪為政治鬥爭的宣傳工具，有失真實。汪精衛一生：有才有情，有得有失，有勇有謀，有功有過。記載任何歷史人物必須正反並陳，並以《人民史觀》為標準。基此原則，汪精衛的歷史定位，有必要重新檢視，客觀定論，一切從這套書起。

歷史學者　潘邦正

這套書非常適合歷史研究者閱讀，這無須多言，更重要的是，書中呈現的不只是政治家的汪精衛，還是一個活生生的人，有笑、有淚、有感情、有情趣。

文獻學博士　梁基永

從學術嚴謹的角度來看這套書，有百分之二百的價值。

東華大學歷史學系副教授　許育銘

這套書最重要的意義在於讓一個歷史人物可以在應該有的位置，讓他的著作可以被重視、被閱讀、被理解，讓我們更貼近歷史，還原真相。

國立臺灣師範大學歷史學系教授　陳登武

研究汪精衛不可或缺的資料！

三聯書店出版經理　梁偉基

這六冊巨著是研究汪精衛近年來罕見的重要
史料，還原了一個真的汪精衛。

《亞洲週刊》記者　黃宇翔

這套書為我們提供了研究汪精衛的珍貴資料，
包括自傳草稿、私人書信、政治論述
詩詞手稿、生活點滴、至親回憶等，其中有不少是從未面世
的。閱讀這套書可以讓我們確切瞭解他的人生態度、
感情世界、政治思想、詩詞造詣，
從而重新認識他的本來面目。

珠海學院文學與社會科學院院長　鄧昭祺

不管對有年紀或是年輕的人來說，
閱讀這套書都是很好的吸收與體會。

時報文化董事長　趙政岷

汪精衛與現代中國系列叢書 10

獅口虎橋
獄中手稿（一）
龍榆生

詞學十講初稿《倚聲學》二冊

八荒圖書
EIGHT CORNERS BOOKS

汪精衛與現代中國系列叢書 10

獅口虎橋 獄中手稿（一）

龍榆生

詞學十講初稿《倚聲學》二冊

國家圖書館出版品預行編目(CIP)資料

獅口虎橋獄中手稿 = Prison writings by members of the Wang Jingwei regime / 何重嘉執行主編. -- 初版. -- 新北市：華漢電腦排版有限公司, 2024.07

冊；　公分. --(汪精衛與現代中國系列叢書；10)

ISBN 978-626-98466-0-3（全套：平裝）

830.86　　113007955

Prison Writings by Members of the Wang Jingwei Regime I

執行主編 — 何重嘉

編　　輯 — 朱安培

設計製作 — 八荒製作 EIGHT CORNERS PRODUCTIONS, LLC

台灣出版 — 華漢電腦排版有限公司

地　　址 — 新北市板橋區明德街一巷12號二樓

電　　話 — 02-29656730

傳　　真 — 02-29656776

電子信箱 — huahan.huahan@msa.hinet.net

初版一刷：2024年7月

ISBN：978-626-98466-0-3（全套：平裝）

定價：NT$2500（四冊不分售）

本著作台灣地區繁體中文版，由八荒圖書授權華漢電腦排版有限公司獨家出版。

代理經銷：白象文化事業有限公司

地址：401 台中市東區和平街228巷44號

電話：04-22208589

eightcornersbooks.com | wangjingwei.org

汪精衛紀念託管會獻給何孟恆與汪文惺

目錄

前言

予被繫吳門重理舊業，草為倚聲學，
期作讀詞家及創製新體歌詞者之參攷。
客中苦乏資料，信筆書之，未敢自信其有當。
孟恒兄方究心於此，太夫人命隨時錄寄，
謂歲闌無以為贈，得此編可藉以散愁悅性。
他日竟作名家而視此為津筏也。
予愧不敢承，重違太夫人意，
聊書數語以紀因緣云。

龍榆生

龍榆生兒子龍英材提供

代序｜陳登武

「青史憑誰定是非」？

影響我們評價歷史人物的因素很多，但一般人似乎不一定注意到。

「青史憑誰定是非」是林則徐的詩句，也是他畢生無限的感慨。

道光廿三年（1843），中英鴉片戰爭之後三年，南京條約換約後，朝廷首先釋放和林則徐一起充軍新疆的鄧廷楨。鄧廷楨啓行前，林則徐贈詩說：「白頭到此同休戚，青史憑誰定是非」？說的是他在鴉片戰爭之後被充軍謫貶，他認為是遭到誣陷的往事，但他相信歷史不一定是誰說了算。

「青史憑誰定是非」？評價歷史人物，的確不容易。對於林則徐而言，他感到滿腹委屈，可說是真情流露。如今他已得到極為崇高的民族英雄的封號，歷史應該給他公道了。但是琦善呢？那個去接他的位子，繼續與英國周旋的官員呢？因為他「主和」以及批評林則徐的態度，早已成為世人唾罵的「漢奸」、「賣國賊」。過去許多教科書命題時，甚至會出現：「請敘述琦善賣國之經過」，類似這樣充滿價值判斷的題目。問題是：這樣就把是非說清楚了嗎？

找一個代罪羔羊，為民族屈辱的歷史，承擔起所有的責任，遠比深自檢討反省，徹底覺悟，還要承認與西方世界的落差，來得容易多了！偏偏歷史是非不是那麼容易就說的清楚。學者兼外交官蔣廷黻檢討琦善的表現，認為他在軍事方面，「無可稱讚，亦無可責備」。但是在外交方面，「他實在是遠超時人。因為他審查中外強弱的形勢和權衡厲害的輕重，遠在時人之上」，他還說林則徐「於中外的形勢實不及琦善那樣的明白」，這個評論恐怕還是比較中肯的。

把林則徐說成「忠臣」，琦善是「奸臣」，這種簡便的「忠奸二分法」，就是影響我們評價歷史人物的其中一個障礙 。

有人說一部二十四史不過是爭奪政權的歷史，「成者為王、敗者為寇」，被視為千古不變的定律。大多數人讀史都知道「成王敗寇」的原理，卻未必願意以此原則仔細檢驗對於歷史人物的評價。例如說：既然許多人都同意這條準則，也就是同意它會造成評價歷史人物的干擾。可是，「亡國者就是暴君」，卻又時時籠罩在人們的記憶裡。「紂王」就是最典型的「亡國暴君」。正因為他是「暴君」，所以得到「亡國」的歷史命運。

但是「紂王」真有如史書所描寫的那麼壞嗎？

其實古代就已經有很多人不相信了。譬如，孔子弟子子貢就說：「紂之不善，不如是之甚也！是以君子惡居下流，天下之惡皆歸焉」。荀子評論桀紂也說：「身死國亡，為天下大僇，後世言惡則必稽焉」。對於商周之間的史事，孟子也說：「盡信書，則不如無書，吾於武成，取二三策而已矣」。由此可知，「成王敗寇」是深深影響我們對歷史人物評價的另一個重要原因。

還有一個容易產生影響歷史人物評價的思想，就是民族主義的情感。

從民族主義的立場出發，就會產生許多道德的罪名。譬如說：將某些人視為漢奸、走狗，就是帶有濃烈民族主義立場的評價。美國歷史家小施勒辛格（Arthur M. Schlesinger）說：「陷於狂熱的人們總是要把『高尚的謊言』與現實混為一談。民族主義對世界的敗壞就是一個發人深思的例子」。他對於民族主義對歷史書寫產生的影響，有相當強烈的批判。

帶著民族主義的情感檢驗歷史人物或事件，於是凡合於民族主義精神者，就是好人、好朝代；凡悖離民族主義精神者，就是壞人、壞朝代。類似的思維就呈現在各種教科書中。

但這些都符合歷史事實嗎？真正歷史學研究的答案可能未必都如此！

還有一個影響歷史人物評價的因素，就是因為時間或者空間而產生的距離感。何以言之？其實就是個人的主觀態度和政治壓力所造成的恐懼。

人們對於距離近的人，特別是同時代的人，容易帶著個人情感或立場，評斷某個人物；好惡的感受也比較強。同時，對於這種距離當下較「近」的人的評價，也比較容易引起不同意見。因為人人心中都有一把尺，再加上錯綜複雜的政治因素，也會影響人們對當下人物看法的分歧。但是，當評價一個更久遠的歷史人物時，這項因素的影響力就會遞減。

同樣的問題，因為空間所產生的距離感，也會造成影響。譬如：台灣學界對於歐洲或者美國某個歷史人物的評價，比較不會引起太多分歧的看法。如果有，大致也比較可以讓問題回到屬於學理的客觀討論。但如果對於台灣歷史人物的評價，可能又會很容易引起不同意見。這是空間的距離所產生的個人主觀意識。

以上所有影響我們評價歷史人物的因素，尤其適用於近代中國歷史人物，因為受到更多這些因素的影響，而使得許多歷史落入迷團，不易看的清楚，當事人固然無由為自己講話；即使相關親屬家人，也往往只能噤聲不語。其中對於汪精衛和他身邊的人的評價，尤其受到這些因素的影響，使得許多史實迄今仍在重重雲霧之中，想要撥開雲霧，就需要仰賴更多史料作理性的分析與討論。

《獅口虎橋獄中手稿》正是這樣一本具有史料價值與意義的書籍。

本書彙集了汪精衛女婿何孟恆所收藏的汪政權相關人物未刊文稿。這些文稿，無論是詩詞選讀、謄抄或創作，抑或文集眉批，其中或表心境、或舒情懷、或藏幽思、或有寄託、或含微言，均可以作為第一手史料研究，具有極高史料價值。

試舉一例說明：本書第二冊有汪精衛讀《陶淵明集》的眉批，其中有「讀陶詩」，似為總論其觀點：

> 陶淵明詩高出古今，讀其詩者慕其人，因之其出處亦加詳寫。以愚論之，淵明於劉裕初平桓玄之際，欣然有用世之志，《乙巳歲三月為建威參軍使都經錢溪》詩云：「晨夕看山川，事事悉如昔」；又云：「眷彼品物存，義風都未隔」。趙泉山謂：「此詩大旨，在慶遇安帝克復大業，不失故物也」，斯言得之。及其見裕，充鄙夫之心，患得患失，無所不至，始決然棄去，抗節以終，讀史述〈夷齊〉、〈箕子〉兩首，心事最為明白。五臣以下所論皆知其一，未知其二。即全謝山之推崇宋武，亦有所偏也，因作此詩：
>
> 寄奴人中龍，崛起自布衣。伯仲視劉季，功更在攘夷。嗟哉大道隱，天下遂為私。坐令耿介士，棄之忽如遺。參軍始一作，彭澤終言歸。豈為恥折腰？恥與素心違。世無管夷吾，左衽良可悲！若無魯仲連，何以張國維？

讀史者或應知道陶淵明本身就是一個特殊的歷史人物，他的詩歌「類多悼國、傷時、感諷之語」（此亦借趙泉山語），汪精衛選擇批注其詩文，當亦有所寄託。其不同意諸家解說，乃至失望於全祖望之偏袒劉裕，似皆深有感觸而發，此段眉批顯然透露不少深刻訊息；其所作詩歌，更隱含微言。倘「夷」即指日本，則寄奴（即劉裕）暗指何人？就躍然紙上，不言而喻。那麼這段文字對於想瞭解汪精衛思想或心路歷程之人而言，自然值得細究，當然有很高的史料價值。

從歷史學的觀點說，本書最重要的意義即在此。即便是選取某若干詩詞，僅僅加以抄寫、謄錄，或都有其深意。讀者倘能不以成敗論英雄，取其一二讀之，亦當有所體會，自然能走入不同的歷史世界。對於有興趣研究這段歷史的學者而言，更不能不重視此一史料之價值。

陳登武，台灣師範大學歷史研究所博士。國立台灣師範大學歷史學系教授、文學院前院長，現任中國法制史學會理事長。專攻中國法制史、中國中古史、唐代文學與法律。著有《地獄·法律·人間秩序：中古中國宗教、社會與國家》等。

導讀｜黎智豐

1945 年 11 月至 1947 年 10 月期間，國民政府組織特別法庭以「漢奸」罪名起訴超過 30,000 人，其中被判死刑或無期徒刑者則超過 1,000 人[1]。歷史洪流只會如此把每一個人約化為數字，但是我們應該緊記他們都是有血有肉的人，而且有很多受刑者更是社會各界的翹楚精英。不論古今，我們仍見證著政治風波不斷發生，而政治犯在牢獄之中的筆墨往往最能揭示容易被人遺忘的真相。

本書集結了 1945 年中日戰爭結束後，在南京老虎橋和蘇州獅口監獄中所寫的手稿作品。一眾作者因與汪精衛政權相關而遭受監禁，主張和平運動的各界精英獄中相見，並在艱難時刻撰作酬答書信、詩詞作品，乃至發表文論見解、編纂私人選集。如此種種，獄中發憤，必蘊真情。如今讀者幸從何孟恆先生珍藏，得見一眾作者的獄中手稿，可以從中窺見大時代下的部分寫實記錄。

根據《何孟恆雲煙散憶》[2] 回憶錄形容老虎橋監獄的情形，其親身經驗相信最能作為讀者閱讀本書的情境想像，其言：

> 要排遣此中歲月，最有效的莫如讀書。於是整座老虎橋監獄的氣氛變得仿如黌宮，到處都是讀書聲。尤其是日落黃昏之時，低聲吟哦，高聲朗誦，內容遍及古今中外，諸子百家，駢散文章，詩詞歌賦，無不包涵。獄中讀書，本屬常見，沒有甚麼特別，可是偌大的一座監牢，一時充滿讀書人士，想來這種情形以前未曾有過，以後怕也未必會再出現罷。

---

1 孟國祥、程堂發，《懲治漢奸工作概述》，《民國檔案》1994年第2期：1945年11月至1947年10月，各省市法院審判漢奸結案25155件，判處死刑369人，無期徒刑979人，有期徒刑13570人，罰款14人。楊天石，《伸張國法的歷史嚴懲——抗戰勝利後對漢奸的審判》，《人民法院報》2015年9月11日：至1946年10月，國民政府共起訴漢奸30185人，其中判處死刑者369人，判處無期徒刑者979人，有期徒刑者13570人。至1947年底，起訴人數增至30828人，科刑人數增至15391人。此外，由於中共解放區也同時進行了大量的懲奸活動，因此實際受到審判和懲處的漢奸，大大超過此數。

2 關於何孟恆獄中經歷，詳細請參看汪精衛紀念託管會編，《何孟恆雲煙散憶》增訂本（台北：華漢出版，2024年）第十八章〈樊籠〉。

以上所見雖然未必就是史上唯一，同時今日所見僅為何孟恆所藏的極少部分，相信仍有大量創作已不復見，但也堪謂孕育「監獄文學」的奇觀。監獄嚴酷的環境下，文學作品不僅是受刑者在牢籠中的心聲吶喊，而對於汪政權下抱有「和平自強」理想的眾人來說，更是在壓迫環境下堅定情志的體現。無論讀者抱持何種歷史詮釋的觀點，也應該聆聽在強權下近乎失聲的獄中迴響，相信這種多元的歷史材料有助我們更為公允地作出歷史判斷。

《獅口虎橋獄中手稿》是次單行出版，即在 2019 年《叢書》版本[3]的基礎上再作補充，包括增補周作人《老虎橋襍詩》、韋乃綸《拘幽吟草》等內容，並且分為四冊刊行。以下淺述說明其特點與價值，以供大眾讀者參考：

第一冊

第一冊所載為詞學家龍榆生贈予何孟恆的《倚聲學》手稿，其中分為「悲壯之音」與「悽婉之音」兩大部分，主要內容為討論詞牌體式的變體，以及填詞相關注意事項。《倚聲學》草稿的刊行，不單有助我們理解龍榆生與汪精衛家族的關係，或是龍榆生在獄中創作的艱難，更能讓研究者進一步認知龍榆生詞學觀點的變化。歷來龍榆生詞學理論研究，大多以《倚聲學》指稱龍榆生於 1961 年應上海戲劇學院之邀開課的《詞學十講》講稿，此一講稿的副題即為「倚聲學」。然而，早在 1946 年身處蘇州獅子口監獄，龍榆生已有取名「倚聲學」的著作，並且期望作為詞家與創製新體歌詞者的參考讀物。

若然把《倚聲學》手稿與《詞學十講》作簡單對照，大體可與《詞學十講》的第四講「論句度長短與表情關係」當中「鬱勃激越的曲調」與「流麗和婉的

3 2019年由汪精衛紀念託管會編，時報文化出版《汪精衛與現代中國》，系列有《汪精衛詩詞新編》、《汪精衛生平與理念》、《汪精衛南社詩話》、《汪精衛政治論述》，《獅口虎橋獄中寫作》，和《何孟恆雲煙散憶》，首度公開諸多親筆手稿。

曲調」兩部分相應，強調詞體結構與情感表達之關係。相對於龍榆生 1933 年開始創刊的《詞學季刊》、《同聲月刊》，以及 1961 年代表晚年大成的《詞學十講》講稿，《倚聲學》手稿的刊行或能填補龍榆生詞學理論建構之過程，誠為理解二十世紀現代詞學的重要文獻。

值得注意的是，龍榆生在獄中依然堅持詞學理論的建構，並非僅為排解苦悶，聊作詞論。龍榆生於 1942 年的《真知學報》撰文提出「創製富有新思想、新題材、而能表現我國國民性之歌詞」、「促成新國樂之建樹，而完成繼往開來之大業」，其詞學研究之目的可謂「聲詞救國」，以期借助詞體當中音樂與文學的雙重感染力，成就再造新國樂的宏願。故此，讀者在閱讀龍榆生《倚聲學》手稿之時，亦宜在此脈絡下理解獄中詞論手稿的政治意義。

第二冊

第二冊所載為龍榆生分別為何孟恆、汪文惺選錄的《天風集》、《明月集》及其續篇，並有汪精衛與龍榆生批註的《靖節先生集》札記等。讀者或知汪精衛自幼好讀陶淵明集，頗有心得，既慕其山林之樂，又稱其志節之高，此均可以汪詩為證。然而，若想重回汪精衛的閱讀情境，則不能不從朱筆批註版本《靖節先生集》發端。

本冊所收《靖節先生集》不單有汪精衛、龍榆生兩位的批註，亦有何孟恆的註文補記，有助讀者還原汪精衛閱讀陶淵明集的感悟，體會汪氏所言「古今詩人，有博厚高明氣象者，唯陶公一人」之推崇，並得批註當中閱讀汪氏和詩，得見尚友古人的酬和。此外，龍榆生批註之於《靖節先生集》多有校訂，讀者在感受汪精衛的閱讀情境同時，也能注意兩人在討論陶詩時的治學嚴謹。

至於《天風集》、《明月集》及其續篇，讀者可以視之為龍榆生的私人選集，以作何孟恆、汪文惺的贈禮。龍榆生《唐宋名家詞選》被譽為「近世選本之冠」，其選篇之眼光足可信賴。《天風集》所選主要為宋代作品，作為何孟恆三十三歲的生日禮物，此一選本之對象及目的明確，或可視作龍榆生選予後輩精讀之作，讀者亦宜參考。《明月集》則以「清」之風格選歷代詞賦，以贈汪文惺，又得陳璧君新筆手錄，字體端正清晰，旁記標明平仄，便於初學者入門閱讀。上述私人選集兼具入門與精選的意義，相較公開刊印的選集更具情味，其價值之於今日讀者亦不可低估。

第三冊

第三冊所載為陳璧君在獄中撰寫的詩詞、書信，並有陳璧君抄錄汪精衛的五部詩詞集。陳璧君與汪精衛的夫妻感情深厚素為人知，此於汪詩多有所見，然陳璧君詩作則較少受注意。本冊所收〈懷四兄亦有自感〉一詩有云：

映雪囊螢願已賒，書生本色漫堪誇。
情深太傅過秦論，志切留侯博浪沙。
動靜久乖禪定味，推敲難得隔年花。
相逢何事悲搖落，如此良宵浣物華。

此詩深刻地表達了她對丈夫汪精衛（四兄）的思念，又對當時形勢抒發感慨之情。不單以張良、賈誼的典故讚揚汪精衛的情志，身在危難之中對其政治抱負表示支持，亦在感慨人生的無常的同時保持希望。除此以外，陳璧君手稿當中亦見「萬里長空浣物華」或「萬里長空著月華」的詩句修訂，從此窺見陳璧君在獄中創作過程的珍貴記錄。

陳璧君也把數冊汪精衛詩詞稿贈予後人及親友，以廣汪精衛詩詞的流傳。值得注意的是，陳璧君在被捕後被判無期徒刑，身處獄中極為虛弱，然其持續抄寫汪精衛詩詞足見其堅毅之心。對於今日讀者及研究者，陳璧君所抄汪詩則提供多個對校版本，有助理解汪精衛詩詞的不同面貌，尤其在後來刊印本良莠不齊，甚或收錄並非汪精衛的作品，更見陳璧君抄本的文獻價值。

第四冊

第四冊所載為因參與「和平運動」而入獄的各界重要人物之詩文作品，其中周作人《老虎橋襍詩》、韋乃綸《拘幽吟草》等更為此次再作補充，而大部分手稿均在是次出版計劃首次收錄。除了龍榆生、周作人、江亢虎、陳璧君等著名人物，亦有其他南京國民政府時期的重要官員，如擔任立法院長兼上海市長的陳公博、擔任財政廳長的汪宗準、擔任高等法院院長的張孝琳、擔任教育廳長的章賦瀏等；以及頗有學術貢獻與藝術成就的各界專家，如身為生物學家的吳元滌、崑曲研究專業的高齊賢等，均值得讀者多作留意。

本冊除了眾人自撰詩詞，亦有謄錄前人作品，甚或界於兩者之間的詩詞改寫，以抒發各人在獄中的情感與交流。舉例而言，南京市長周學昌謄抄清代詩人吳雯「清宵珠斗望闌干」詩句，又改吳雯另一詩作以贈何孟恒，其云：

紅發東園梅，綠破西津柳。莫論眼前事，且酌花下酒。

氷魚不計錢，江橘嫩香手。風土致不惡，桑圃好為友。

昨夜春又寒，不知山雨驟。君家嶺南山，番禺在其右。

豫州種菜蔬。蓮落收蒲藕，故鄉好歲月。情景豈相負。

每到春雁來，還憶虎牢否？

此詩最後一句「還憶橫汾否？」改成「還憶虎牢否？」以貼合南京老虎橋監獄的情境，並且借作前人詩作訴說結友與惜別之情。讀者可以從相關詩作細味，眾人在獄中互勉共渡，又復不忘國事之志，將能躍然於紙上。

《獅口虎橋獄中手稿》不僅是對 1945 年以後那段動盪時期的文學作品，更是一組為我們呈現時代側面的珍貴歷史文獻，反映了整個時代的複雜與多樣。監獄文學大多具有顯著反映真實的特性，主要是因為多由親身經歷囚禁的作者創作。這些作品直接反映了作者在特定歷史時期的生活狀況和內心感受。由於作者們身處特殊的環境，他們的作品通常帶有強烈的真實感，使得讀者能夠更加深刻地體會到當時的社會環境和個人處境。這種文學作品不僅是對個人經歷的記錄，也反映了那個時代的廣闊背景。

對於文學、歷史的研究者而言，本書出版已經清晰地把相關材料公諸於世，後續研究則必俟來者進一步發掘，以還原時代之真貌。至於對大眾讀者而論，我相信透過閱讀這些獄中手稿，我們不僅能夠看到個體的苦難與堅持，更能深刻體會整個社會的發展脈絡。雖然這些手稿只是由少數人在艱難的環境下創作而成，而且可能只是當時 30,000 位受刑者極小部分的聲音，但這些手稿對於我們理解和認識民國歷史依然具有重大意義。

但願這些作品讓我們記住，歷史敍述背後的每一個故事都是某些人的真實經歷，他們的聲音值得我們細心聆聽、深入思考。

黎智豐，香港中文大學中國語言及文學系哲學博士，國科會人文社會科學研究中心國際訪問學人。專門研究先秦時期的古代文獻及其思想，曾於香港多間大專院校任教中國語文相關課程，現時繼續於網上舉辦文言、文化推廣課程。

編輯前言

1945年，日本投降，主張和平運動的汪精衛國民政府於8月16日宣告解散。戰後，一眾汪政權人物被冠上「漢奸」罪名入獄，分別被囚禁於南京老虎橋監獄與蘇州獅子口監獄。何孟恆作為女婿，亦與陳璧君在廣東一同被禁，並於老虎橋監獄服刑。兩年半後，何氏獲釋，同囚的眾人撰詩為他送行，出獄後，他又前往獅子口監獄探望陳璧君，並帶出了她與龍榆生等作品。

2019年汪精衛紀念託管會與時報文化發行《汪精衛與現代中國》系列叢書[1]，其中一冊為《獅口虎橋獄中寫作》，把何孟恆珍藏已久的獄中手稿整理出版，俾汪政權諸人戰後的罕有紀錄得以存續，也讓讀者能更完整認識民國史。2024年本會在以往書籍基礎上，作進一步的增訂、補充，並彙編為《獅口虎橋獄中手稿》全四冊，不單收錄過往未有之手稿，更搜羅出獄中諸君的生平背景，兩相比照下，令讀者得覩中日戰爭落幕後鮮為人知的獄中文學。

《獅口虎橋獄中手稿》第一、二冊為詞學大家龍榆生的作品，龍氏曾為汪家擔任家庭教師，何孟恆與陳璧君被扣押期間，便曾帶上了龍氏所編的《唐宋名家詞選》，「每日背誦一些來打發日子」[2]。首二冊之龍氏作品，乃贈予何孟恆、汪文悜夫婦學習詞學所用，其緣由於何氏回憶錄《雲煙散憶》中亦有記述：

1 系列還有《汪精衛生平與理念》、《汪精衛政治論述》、《汪精衛詩詞新編》、《汪精衛南社詩話》和《何孟恆雲煙散憶》，首度公開諸多親筆手稿。2023年後系列續由八荒圖書陸續出版增訂版單行本，並加入新著《我書如我師——汪文悜日記》。

2 見《何孟恆雲煙散憶》增訂本，頁212。

同一時期囚於蘇州獅子口監獄的詞人龍沐勛榆生，是朱彊邨[3]的弟子，吟詠之餘，有《倚聲學》二冊，又選宋詞為《天風》、《明月》諸集，媽媽在蘇州特地請同囚難友細心抄錄，到現在還珍重收藏着。[4]

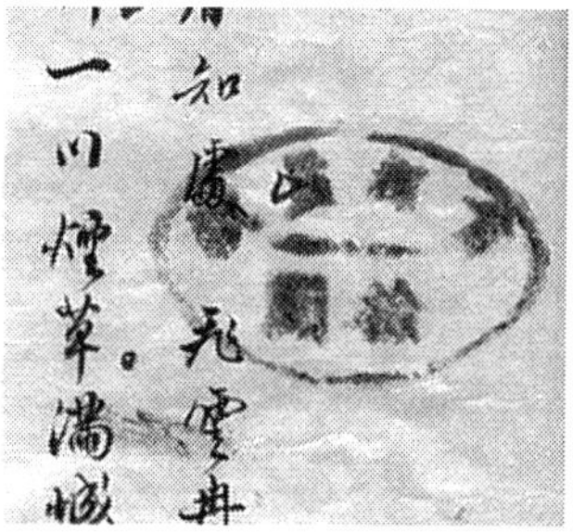

本書為第一冊，完整收錄《倚聲學》二冊之最初手稿，上有何孟恆以鉛筆所寫的筆記，及蘇州監獄印章，有別於 2019 年版本四張手稿一頁之排版方法，本書改以一頁一張手稿，並謄錄龍榆生附記及何孟恆筆記，以便讀者閱讀。龍榆生對詞學之寄望不獨是文學上之價值，更是挽救國家之辦法，其建構之詞學理論尤其值得讀者認識：

> 居今日而言詞，其時代環境之惡劣，擬之南宋，殆有過。吾輩將效枝上寒蟬，哀吟幽咽，以坐待清霜之欺迫乎？抑將憑廣長舌，假微妙音，以寫吾悲憫激壯之素懷，藉以震發聾聵，一新耳目，而激起其向上之心乎？亡國哀思之音，如李後主之所為者，正今日少年稍稍讀詞者之所樂聞，而為關懷家國者之所甚懼也。言為心聲，樂佔世運。詞在今日，不可歌而可誦，作懦夫之氣，以挽頹波，固吾輩從事於倚聲者所應盡之責任也。[5]

3 即朱祖謀（1857–1931），又號彊村，浙江歸安人，曾出任廣東學政，汪精衛亦是其門生，其工於詞曲，與況周頤、王鵬運、鄭文焯合稱為「清末四大家」。

4 關於何孟恆獄中經歷，詳細請參看汪精衛紀念託管會編，《何孟恆雲煙散憶》增訂本第十八章〈樊籠〉（台北：華漢出版，2024年），頁233。

5 見龍沐勛〈今日學詞應取之途徑〉，《詞學季刊》1935年第2卷第2期，頁1–6。

龍榆生（1902-1966）

龍榆生先生紀念網站

龍榆生，名沐勛，號忍寒居士，江蘇萬載人，二十世紀最負盛名的詞學大師之一。

龍氏國學根基深厚，曾隨中國近代著名語言文字學家黃侃（1886-1935）學習音韻，並拜廈門大學國文系著名詩人陳衍（1856-1937）為師。1928年龍榆生在上海暨南大學任教，結識清末詩學泰斗朱祖謀（1857-1931），兩人於詞學上交流緊密，1931年朱氏因病垂危，逐把生平校詞所用之雙硯傳授給龍榆生，此後龍氏專研詞學，被視作朱祖謀的嫡派傳人[1]，也因此與同為朱氏門生的汪精衛（1883-1944）繫上關係。

1902年汪精衛應考廣州府試第一，成為時任廣東學政的朱祖謀門生[2]，朱氏逝世以後，龍榆生與汪氏就其喪葬事宜往來書信[3]，二人自始建立深厚的同門情誼。龍氏先後在中山大學、中央大學、上海音樂學院等校任教，亦曾在上海創

1 龍榆生的學詞經歷與成就，詳細請參看「龍榆生先生紀念網站」（longyusheng.org）。

2 〈一代詞宗朱彊村〉，《南華日報》（香港），1935年9月21日，版11。

3 見〈雙照樓遺札〉，《同聲月刊》1945年第4卷第3期，頁43–46。

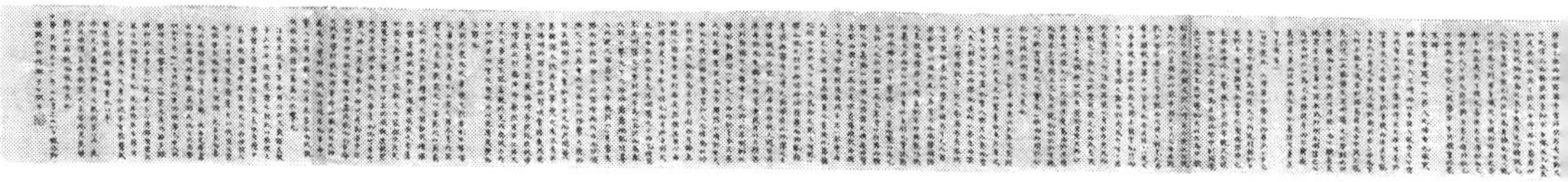

辦《詞學季刊》，風行全國，乃當時詞家交流研究成果的唯一學術性刊物，深受學界重視。

1940 年，汪精衛成立南京政府初期，曾以朋友之名邀龍榆生去南京就職，龍氏起先拒絕，後來還是赴寧擔任立法院立法委員一職，並一度兼任立法院院長陳公博（1892-1946）私人秘書半年。龍榆生到南京之後，對現實政治感到失望，但從汪精衛詞作〈虞美人〉「夜深案牘明燈火，擱筆淒然我」中，體會到汪氏之苦楚與「我不入獄，誰入地獄」之心境[4]，於是仍決定留下來追隨汪氏，卻堅持不參加任何政治會議，全心投入文化教育事業，他曾出任中央大學中文系主任兼教授、南京文物保管委員會主任委員。

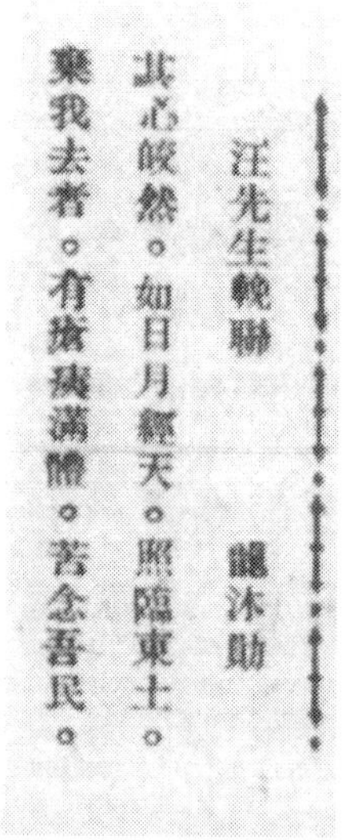

汪先生輓聯
其心皎然。如日月經天。照臨東土。
棄我去者。有涙满體。苦念吾民。
龍沐勛

1940 年 12 月，龍榆生在汪精衛資助下創辦《同聲月刊》，提倡創新聲、復詩教，冀月刊可於「普濟含靈」、「東亞和平」、「力挽狂瀾」、「重振雅音」、「繼往開來」此五方面上起重要作用，其於創刊號寫道：

> 然則同聲月刊，所以聯聲氣之雅，期詩教之中興也，所以通上下之情，致中華於至治也。所以廣至仁之化，進世界於大同也。[5]

龍榆生望能以聲樂建設國人精神[6]，以此推動汪精衛之和平運動。1944 年又擔任《求是》月刊之社長，亦曾為汪宅家庭教師，教授汪氏大女兒汪文惺（1914-2015）國文。

4 見龍榆生，〈陳璧君手抄本雙照樓詩詞稿跋〉，《雙照樓詩詞稿》（1945年陳璧君獄中手抄贈端木愷本，台北：東吳大學圖書館藏影本）。

5 見〈同聲月刊緣起〉，《同聲月刊》1940年創刊號，頁1–4。

6 汪精衛亦曾提倡整理國故，以舊體詩之創作振作民族之精神，其以文學救國之理論見《汪精衛南社詩話》（台北：華漢出版，2024年）。

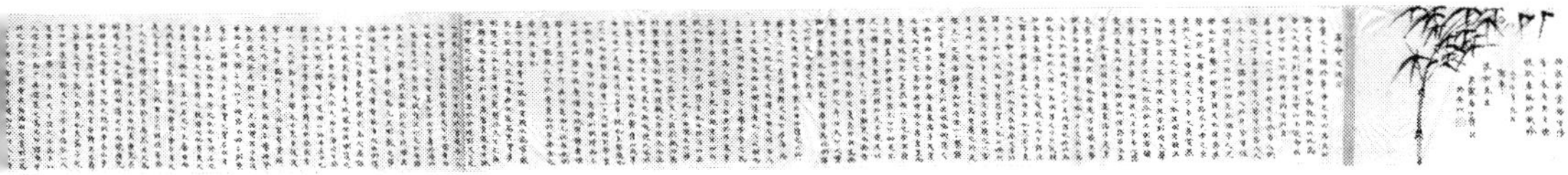

〈革命之決心〉龍榆生手書：8.75"×193.75"

汪、龍二人交情深厚，文學上亦多有交流，汪精衛還都南京以後，時時手寫詩詞創作寄予龍氏，如〈辛巳除夕寄榆生〉[7]，龍氏為中央大學中文系選輯《基本國文》課文時，特地節錄歷代哀國之作，如辛棄疾、顧炎武等亡國之文，亦加入汪精衛所寫的獄中詩作及〈滿江紅〉、〈憶舊遊〉等[8]。至汪氏逝世以後，龍榆生著《梅花山謁汪先生墓文》及《汪先生輓聯》來悼念[9]，更擔任汪主席遺訓編纂委員會常務委員，為《雙照樓詩詞藁》增補校對，又於《同聲月刊》追懷汪氏：

> 每念數載以還，深宵昧旦，吟興偶發，輒飛箋相示，賞音契合，既感先生年來用心之苦，未嘗不躍然以喜，悄焉以悲也。青簡尚新，而其人已亡。孤燈怳然，如見顏色，而國家興亡之痛，從容文酒之歡，夢影前塵，直同天上矣。[10]

1946 年，龍榆生以「文化漢奸」罪被判有期徒刑十二年，褫奪公權十年，1947 年經複判以後，改處徒刑五年，監禁在蘇州獅子口監獄，全部財產除酌留家屬必需生活費外沒收[11]。監獄期間，龍氏還以五紙拼合手書汪精衛所作的〈革命之決心〉[12]，以此敬頌其恆久不變的德行。1948 年龍氏獲批暫時出獄就醫，1966 年病逝。

7 全詩收錄在《汪精衛詩詞彙編》上冊（台北：華漢出版，2024年），頁126，手稿則見下冊，頁279–281。

8 汪精衛詩詞作品全文收錄在《汪精衛詩詞彙編》上冊，手稿見下冊。

9 分別見《同聲月刊》1945年第4卷第3期，頁68；《求是》1944年第1卷第7號，頁40。

10 見〈雙照樓詩詞未刊稿〉，《同聲月刊》第4卷第3號，頁1–13。

11 見〈偽立委龍沐勳改處徒刑五年〉，《益世報》（上海），1947年9月17日，版2。

12 原圖及龍榆生題識全文見《獅口虎橋獄中手稿》第二冊，頁2。

乎稍輯吳門重理舊業草為傳寫此

僕詞家及劇曲家新翻數詞者云鮮移

苦之嘗試信筆書之未敢自信安有當

無愧色方究心於此

夫人每隨時錄寄謂藏閨無所如繪稿

倘可藉以消愁悅性他日定作名家而視

何事議見存思不及承筆甚

倚聲學：一

予被繫吳門重理舊業，草為倚聲學，期作讀詞家及創製新體歌詞者之參攷。客中苦乏資料，信筆書之，未敢自信其有當。孟恒兄方究心於此，太夫人命隨時錄寄，謂歲闌無以為贈，得此編可藉以散愁悅性。他日竟作名家而視此為津筏也。予愧不敢承，重違太夫人意，聊書數語以紀因緣云。

丙戌仲冬，忍寒附識

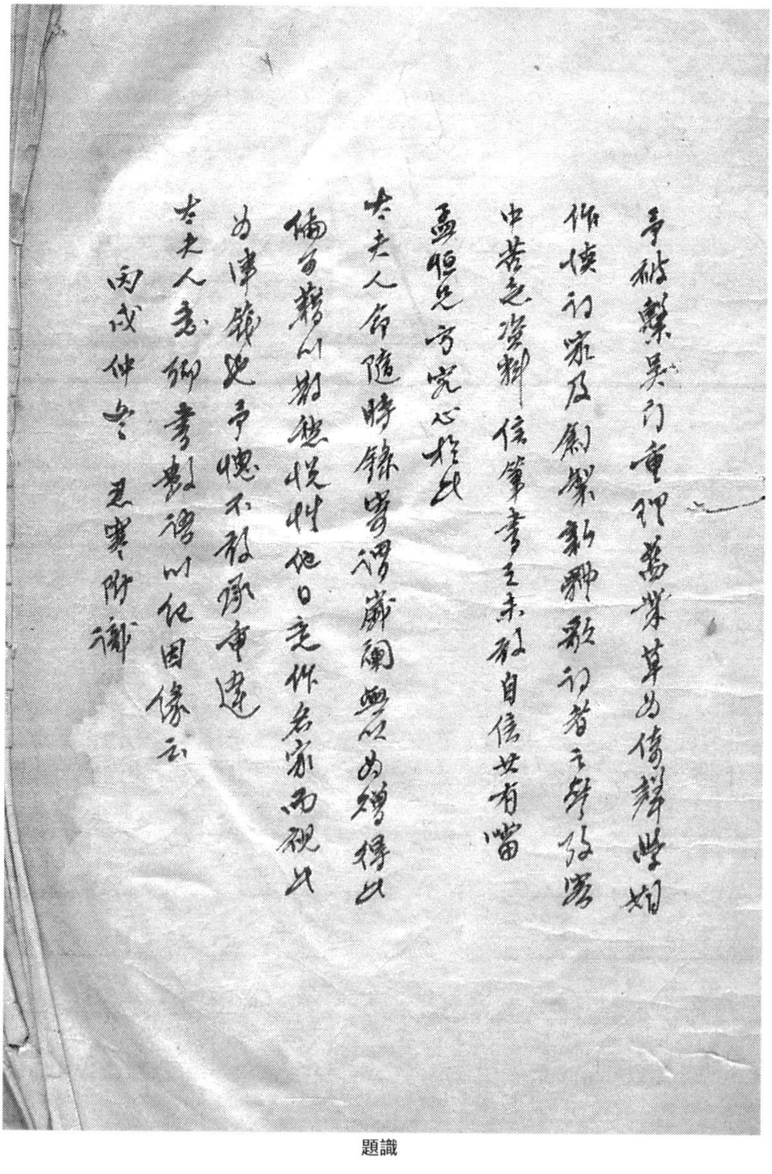
予被繫吳門重理舊業草為倚聲學期
作讀詞家及創製新體歌詞者之參攷客
中苦乏資料信筆書之未敢自信其有當
孟恒兄方究心於此
太夫人命隨時錄寄謂歲闌無以為贈得此
編可藉以散愁悅性他日竟作名家而視此
為津筏也予愧不敢承重違
太夫人意聊書數語以紀因緣云
丙戌仲冬　忍寒附識

題識

倚聲學

詞式

一　悲壯之音

水調歌頭

水調為隋煬帝開運河時所作，意必出於河工之手，庚蘭成所謂勞者須歌其事也，音節悲涼高抗，宜抒豪壯悲憤之情。唐明皇幸蜀歸，命樂工奏水調，歌詞為李嶠汾陰行之結尾「富貴榮華能幾時，山川滿目淚沾衣，不見只今汾水上，惟有年年秋雁飛」。由此尚可推見此調之聲情。郭茂倩樂府詩集收有水調歌大曲歌詞，以唐人五七言詩編

配而成知其本為成套之曲後人取其首段單行故謂之
水調歌頭其音節圓諧属於豪壯之類也
水調歌頭之形式在文字方面言之純以四言五言六言
七言四種句法配合而成尤以五言詩句爲多其所以能
激越高抗者蓋由其五言句與六言句之具對偶形式者
所有平仄頗多衝突而不相調諧違反剛柔相濟之慣例
即如首句第二字用仄次句第二字亦用仄以普通偶句
之以仄對平者不合陰陽不相調劑故自成其高抗之
音又上下闋中間兩六言偶句結尾兩五言偶句莫不皆
然此關於平仄聲之配合足以振起其調之重要因素也

次則選韻之關係，亦頗重要故以此調填詞者，雖例用平聲
韻，又必擇其發揚洪亮者施之，如歌麻東江陽庚青蕭豪
之類，倘用支微魚虞真侵等部，則壯音少而悲音多，稍失
本調之聲情矣。茲將本調之平仄句讀列式如下，而舉宋
賢作品之特異者，仍分第一第二第三諸體示例焉。此調
宜以空靈豪邁之氣驅使之，平仄小有出入無礙。

｜表仄　一表平　乂表可平可仄　○表句　．表讀、表領字　◎表平韻

△表仄韻

乂｜一｜句乂｜｜一一平韻乂一乂｜乂乂乂｜｜一一

平叶乂｜乂一乂｜仄韻乂｜一一乂｜仄叶乂｜｜一一平

003

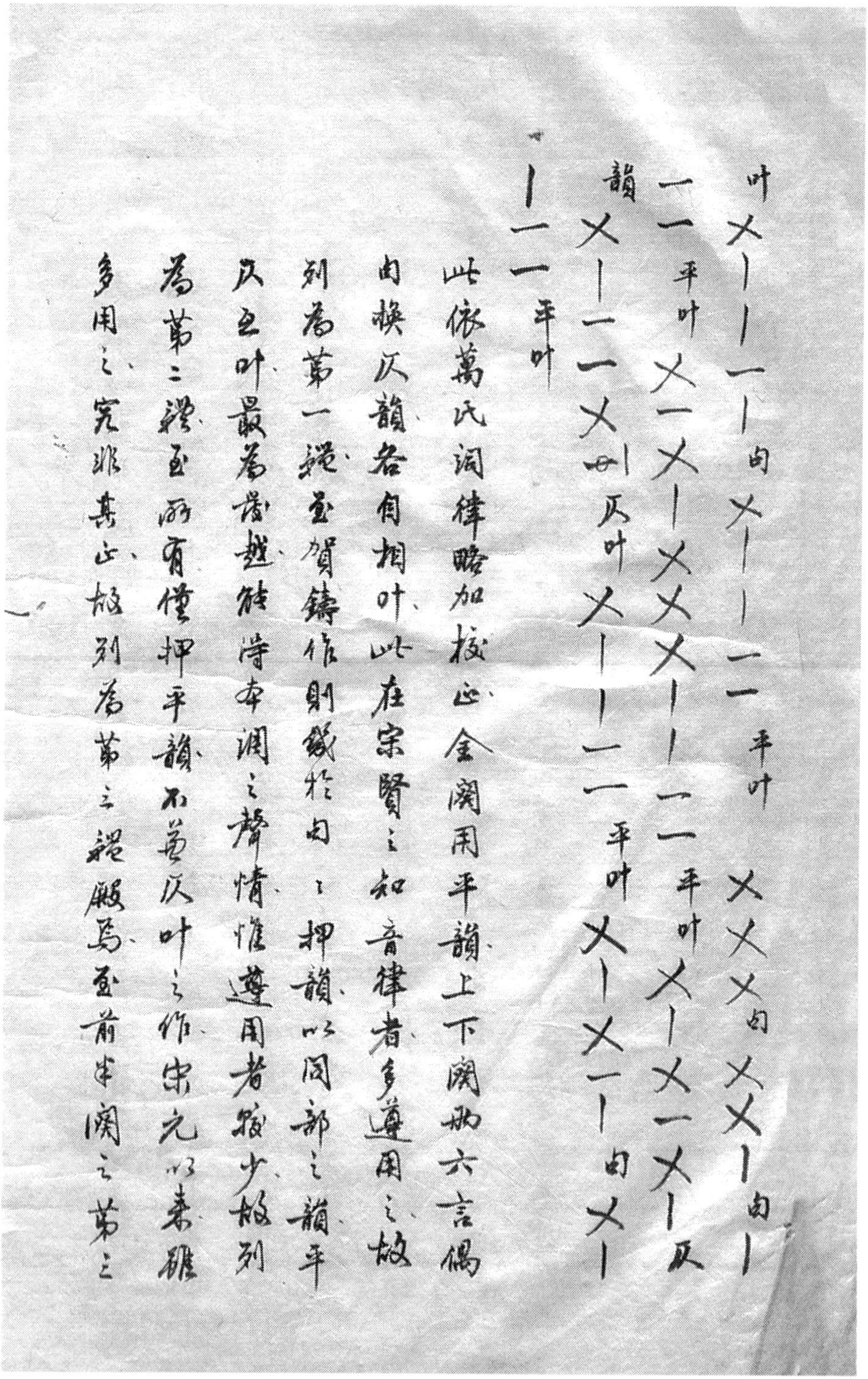
叶ㄨ｜｜一｜句ㄨ｜｜一平叶ㄨㄨㄨ句ㄨㄨ｜句｜
一一平叶ㄨ一ㄨ｜ㄨㄨㄨ｜｜一一平叶ㄨ｜ㄨ一ㄨ｜仄
韻ㄨ｜一一ㄨ⊖｜仄叶ㄨ｜｜一一平叶ㄨ｜ㄨ一｜句ㄨ｜
｜一一平叶
此依萬氏詞律略加校正、全闋用平韻、上下闋兩六言偶
句換仄韻、各自相叶、此在宋賢之知音律者、多遵用之、故
列為第一體、至賀鑄作、則幾於句句押韻、以同部之韻平
仄互叶、最為諧婉、得本調之聲情、惟遵用者較少、故列
為第二體、至兩首僅押平韻、不兼仄叶之作、宋元以來雖
多用之、究非甚正、故列為第三體、殿焉、至前半闋之第三

004

第四兩句、其下半闋之第四第五兩句、或上四下七、或上六下五、殊無定式、然此兩句第六字備用仄聲、則第五字以用平聲爲諧協、若上四下七、則第五六兩字用平平、或仄平、如七言律詩之式、觀於賀作可知也、上半闋自第三句以下、與下半闋第四句以下、平仄句豆全同、

第一體　東坡

明月幾時有。把酒問青天。不知天上宮闕。今夕是何年。我欲乘風歸去。唯恐瓊樓玉宇。高處不勝寒。起舞弄清影。何似在人間。轉朱閣。低綺戶。照無眠。不應有恨。何事長向別時圓。人有悲歡離合。月有陰晴圓缺。此事古難全。但願人長久。千里共嬋娟。

題三、丙辰中秋歡飲達旦大醉作此篇兼懷子由

第二體　　東山

南國本瀟灑△六代漫豪奢◎臺城遊冶△襞牋能賦屬宮娃◎雲觀登臨清夏△璧月流連長夜△吟醉送年華◎回首飛鴛瓦△卻羨井中蛙◎訪烏衣◎成白社△不容車◎舊時王謝△堂前雙燕過誰家◎樓外河橫斗掛△淮上潮平霜下△檣影落寒沙◎商女篷窗罅△猶唱後庭花◎

第三體　　東坡

落日繡簾捲◎亭下水連空◎知君為我新作◎窗戶濕青紅◎長記平山堂上◎欹枕江南煙雨◎杳杳沒孤鴻◎認得醉翁語◎山色有無中◎一千頃◎都鏡淨◎倒碧峰◎忽然浪起◎掀舞一葉白頭翁◎堪笑蘭

一

臺公子。未解莊生天籟。剛道有雌雄。一點浩然氣。千里快哉風。

題云黃州快哉亭贈張偓佺

東坡

又

昵昵兒女語。燈火夜微明。恩怨爾汝來去。彈指淚和聲。忽變軒昂勇士。一鼓填然作氣。千里不留行。回首暮雲遠。飛絮攪青冥。衆禽裏。真彩鳳。獨不鳴。躋攀寸步千險。一落百尋輕。煩子指間風雨。置我腸中冰炭。起坐不能平。推手從歸去。無淚與君傾。

題云、歐陽文忠公嘗問余琴詩何者最善、答以退之聽穎師琴詩、公曰、此詩固奇麗、然非聽琴、乃聽琵琶詩也、余深然之、建安章質夫家、善琵琶者、乞為歌詞、余久不作、特取退之詞、稍加隱括、使就聲律、以遺之云

稼軒

又

四坐且勿語。聽我醉中吟。池塘春草未歇。高樹亂鳴禽。鴻雁初飛江上。蟋蟀還來牀下。時序百年心。誰要卿料理。山水有清音。歡多少。歌長短。酒淺深。而今已不如昔。後定不如今。閑處直須行樂。良夜更教秉燭。高會惜分陰。白髮短如許。黃菊倩誰簪。

題云醉吟

又　稼軒

落日塞塵起。胡馬獵清秋。漢家組練十萬。列艦聳層樓。誰道投鞭飛渡。憶昔鳴髇血污。風雨佛貍愁。季子正年少。匹馬黑貂裘。今老矣。搔白首。過揚州。倦遊欲去江上。手種橘千頭。二客東南名勝。萬卷詩書事業。嘗試與君謀。莫射南山虎。直覓富民侯。

題云舟次揚州和楊濟翁周顯先韻　秋崖

又

秋雨一何碧。山色倚晴空。江南江北愁思。分付酒螺紅。蘆葉蓬舟千里。菰菜蓴羹一夢。無語寄歸鴻。醉眼渺河洛。遺恨夕陽中。蘋洲外。山欲暝。斂眉峯。人間俯仰陳迹。歎息兩仙翁。不見當時楊柳。只是從前煙雨。磨滅幾英雄。天地一孤嘯。匹馬又西風。

題云平山堂用東坡韻

又　秋崖

醉我一壺酒。了此十分秋。江濤還此當日。擊楫渡中流。問訊重陽烟雨。俯仰人間今古。此意渺滄洲。天地幾今夕。舉白與君浮。

009

舊黃花。新白髮。笑重游。滿船明月猶在。何日大刀頭。誰跨揚州鶴去。已怨故山猿老。借箸欲前籌。莫倚闌干北。天際是神州。

題云九月
多景樓

滿江紅

滿江紅創調之由來、今不可考、世傳宋賢遺作、最早當數耆卿東坡、耆卿最號知音、石林詩話、稱教坊樂工每得新腔、必求永為辭、始行於世、此調雖未必為耆卿所創、而樂章集所載此調、除詞律所收九十七字體為用上去聲韻外、其過桐江一闋、韻叶入聲、即與東坡諸作全同、是此調固當以入聲韻為標準也、至姜白石復翻為平韻滿江紅、戈氏詞林正韻凡例云、「滿江紅有入南呂宮、有入仙呂宮、入南呂宮者、即句尾所收平韻之體、而要其本用入聲、故可收也」宋賢諸作、以句尾平韻體校之、此調字數除東坡諸作頗有出入外、統以九十三字者為準、詞律所收與渭老八十九字體為九十一字體、似皆有奪誤、至耆卿九十七字體、則句讀亦全異、不必引以例其餘也」

此調所以宜抒豪壯之情、即在其聲情之激越高亢、而所以激越高抗之故、在句讀方面、則以四字偶句為多、違反奇偶相生之例、在平仄方面、則每句末幾全用仄聲字、亦乖剛柔相濟之理、尤以上下闋七言偶句、句末一字皆用仄

聲音節自然拗怨。凡詞每句中。多用平聲字。則音長而弱

故婉之以去聲字振起之。每句末。多用仄聲字。則音短而

強。兩強相對。則生拗怨激壯之調。凡協仄韻者。雖不協

韻之句。末一字亦多用仄聲。不獨此調為然也。又關於此

調選韻。而以入聲為準。蓋入聲短促。宜表痛切怨思。或決

絕峻峭之情景。此徵之宋代諸名賢。所填此調。可以推知。

至於協上去聲韻。則其本調聲情全相乖舛矣。

茲分別仄韻平韻兩體之格式。並略舉諸名家之作如下。

第一體式 入聲韻

ㄨ｜一一句 ㄨㄨ｜豆 ㄨ一ㄨ｜韻 ㄨㄨ｜豆 ㄨ一一｜句 ㄨ

012

一一｜韻乂｜乂一一｜｜句乂一乂｜一一｜叶｜領乂乂
一｜｜一一句一一｜叶乂乂｜句一乂｜叶乂乂｜句一
一｜叶｜領乂一一｜句｜一一｜叶乂｜乂一一｜｜句乂
一乂｜一一｜叶｜領乂乂一｜｜一一句一一｜叶

此依詞律所舉程垓九十三字體畧加校正、宋元以來各家詞多遵用之、上下闋兩七言句、定用對偶、間有例外、末倒數第三句、詞律以上三下五分句豆、殊多失之、蓋強此本為七言句上添一領字、凡領字承上起下、最是喫緊、故名家例以最強烈而響亮之去聲字施之、此一領字之下、或上二下五、或上四下三、讀之無不可通者、必如萬氏以一

013

三字豆五字句斷文義不可通者多矣、故為更正、又下半闋第五六兩句、依程作為兩四言偶句、上加一領字、定用仄聲、而詞律並注可平、蓋見東坡此詞第五六句一斷曰、相將泛西水、滿城爭出、再斷曰、何辭更一醉、此歡難覓、三斷曰、空洲對鸚鵡、葦花蕭瑟、第一字並為平聲、而不審東坡各句其重點路在第三字、泛更對皆去聲、且除空洲對鸚鵡一句外、餘皆上二下三、與程作之上一下四者迥異、未可舉此以例彼也、上半闋第三句以下、與下半闋第五句以下、平仄句豆全同、上半闋第三句首三字豆相等、於下半闋第五句之第一字、實皆領字也、宋人普通長調、

014

上下闋除闋首不同，或結尾小有差異外，中間平仄句豆皆同，可推知本曲之節奏，前後片同者為多，惟換頭及結尾略加變化耳，用字何者可平何者可仄，以上下闋句豆長短相同者勘察之，即得，姑舉一以例其餘。

第二體式 平聲韻

×｜一一句××｜豆一｜｜一韻一×｜豆｜一一｜句×
｜一一叶×｜×一一｜｜句×一一｜｜一一叶｜領×一
×｜｜一一句一｜一叶一×｜句一｜一叶××｜句｜
一一叶｜領×一×｜句｜｜一一叶×｜×一一｜｜句×
一一｜｜一一叶｜領×一×｜｜一一句一｜一叶

此依白石劍製，參以詞律所舉夢窗一闋校定如上式。各句平仄，除仄韻改叶平韻之句，頗有移易外，餘皆與第一式略同。其上下闋結句，原為平平仄者，改為平仄平，最關緊要。白石原改為迎神之曲，雖仍作壯音，而與入聲韻之聲情激越者頗異其趣矣。白石自序末句云：「聞珮環，則協律矣」，珮字去聲，則此字尤以去聲為協也。

第一體　　東坡

江漢西來，高樓下，葡萄深碧。猶自帶，岷峨雪浪，錦江春色。君是南山遺愛守，我為劍外思歸客。對此間，風物豈無情，殷勤說。

江表傳，君休讀。狂處士，真堪惜。空洲對鸚鵡，葦花蕭瑟。不獨笑

書生爭底事。曹公黃祖俱飄忽△。願使君還賦謫仙詩。追黃鶴△

題云寄鄂州宋使君壽昌

按東坡此曲下半闋書生句多一字謫仙句少一字疑有傳寫之訛輒為校定以此調傳世者柳蘇二家之作為先東坡又為豪放詞家之祖故首舉此作準繩鄂王及稼軒諸家學者依以為式可也

又　鵬舉

怒髮衝冠。憑欄處、瀟瀟雨歇△。擡望眼、仰天長嘯。壯懷激烈△。三十功名塵與土。八千里路雲如月△。莫等閒白了少年頭。空悲切△。

靖康恥。猶未雪△。臣子恨。何時滅△。駕長車、踏破賀蘭山缺△。壯志飢餐胡虜肉。笑談渴飲匈奴血△。待從頭收拾舊山河。朝天闕△

又　稼軒

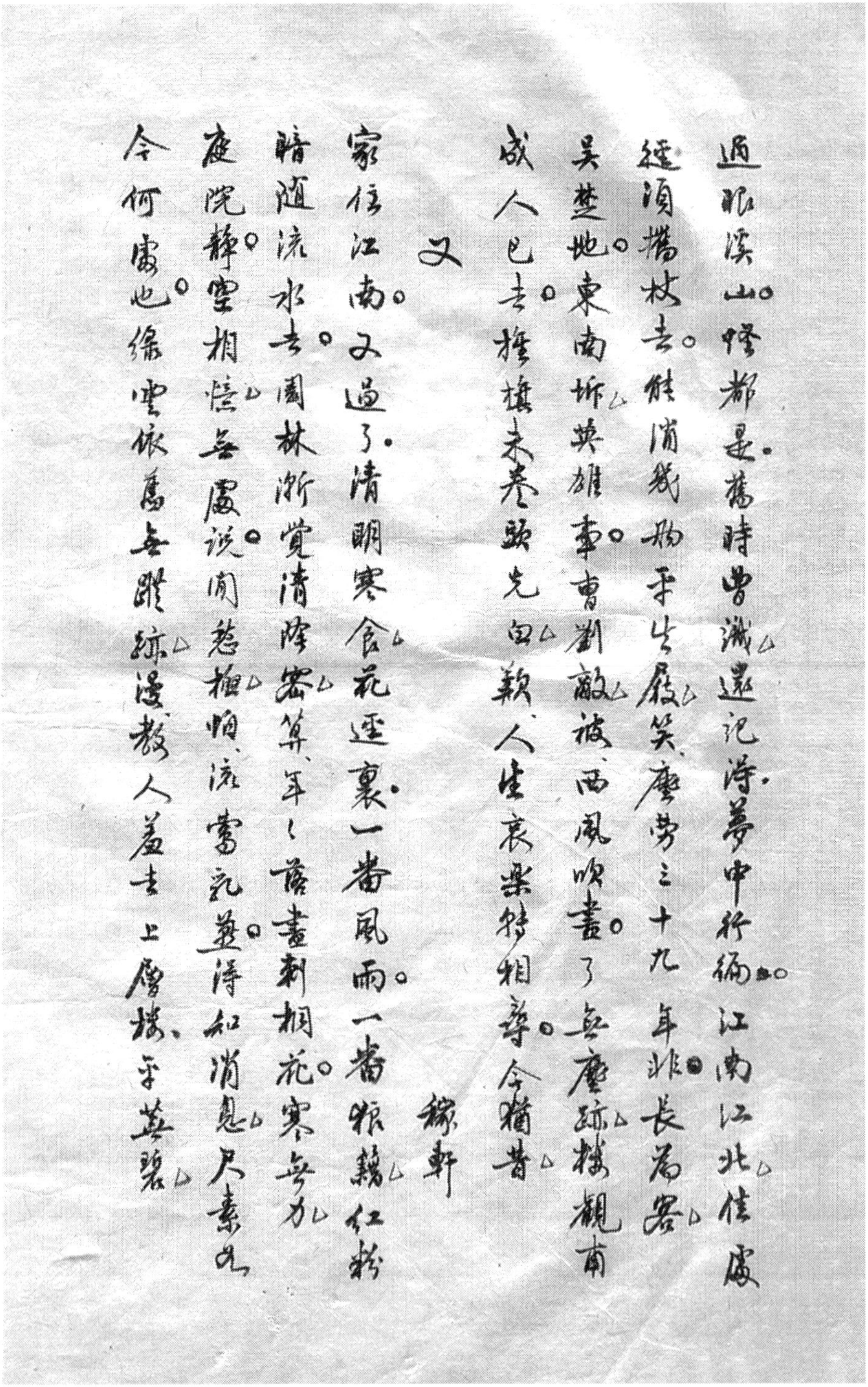
過眼溪山。怪都是、舊時曾識。還記得、夢中行徧。江南江北。佳處
徑須攜杖去。能消幾兩平生屐。笑塵勞、三十九年非。長爲客。
吳楚地。東南坼。英雄事。曹劉敵。被西風吹盡。了無塵跡。樓觀甫
成人已去。旗槍未卷頭先白。歎人生、哀樂轉相尋。今猶昔。 稼軒

又

家住江南。又過了、清明寒食。花徑裏、一番風雨。一番狼藉。紅粉
暗隨流水去。園林漸覺清陰密。算年年、落盡刺桐花。寒無力。
庭院靜。空相憶。無處說。閒愁極。怕流鶯乳燕。得知消息。尺素如
今何處也。綵雲依舊無蹤跡。漫教人、羞去上層樓。平蕪碧。

018

敲碎離愁。紗窗外。風搖翠竹△人去後。吹簫聲斷。倚樓人獨△滿眼
不堪三月暮。舉頭已覺千山綠△但試把一紙寄來書△從頭讀
相思字。空盈幅△相思意。何時足△滴滴羅襟點點。淚珠盈掬△芳草不
迷行客路。垂楊只礙離人目△最苦是立盡月黃昏。闌干曲△

清惠

又

太液芙蓉。渾不是舊時顏色△曾記得。承恩雨露。玉樓金闕△名播
蘭簪妃后裏。暈潮蓮臉君王側△忽一朝鼙鼓揭天來。繁華歇△
龍虎散。風雲滅△千古恨。憑誰說△對山河百二。淚沾襟血△驛館夜
驚塵土夢。宮車曉碾關山月△願嫦娥相顧肯從容。隨圓缺△

盈云題
驛壁

019

第二輯　　白石

仙姥來時。正一望、千頃翠瀾。旌旗共、亂雲俱下。依約前山。命駕群龍金作軛。相從諸娣玉為冠。向夜深、風定悄無人。聞佩環。神奇處。君試看。奠淮右。阻江南。遣六丁雷電。別守東關。卻笑英雄無好手。一篙春水走曹瞞。又怎知、人在小紅樓。簾影間。

又　　夢窗

雲氣樓臺。分一派、滄浪翠蓬。開小景、玉盆寒浸。巧石盤松。風送流花時過岸。浪搖晴練欲飛空。算、鮫宮秖隔一紅塵。無路通。神女駕。凌曉風。明月佩。響丁東。對、兩蛾猶鎖。怨綠煙中。秋色未教飛盡雁。夕陽長是墜疏鐘。又、一聲欸乃過前巖。移釣篷。

念奴嬌

念奴嬌、當係唐人遺曲。宋人筆記稱、念奴爲開元時名倡、每當大酺、與民同樂之際、人聲嘈雜、念奴引吭高歌、頓歸寂靜。是其發音嘹亮、有燕趙悲歌慷慨之風。可以推見元微之連昌宮詞「力士傳呼覓念奴、念奴潛伴諸郎宿」、即其人也。製曲者、取以爲名、蓋即因其音節高抗之故。宋元以來、諸豪放作家、最喜用之、相傳東坡嘗戲問老伶工、我詞何如柳七、對曰「學士詞、必關西大漢執鐵綽板、銅琵琶、唱大江東去、」大江東去、即東坡所填念奴嬌詞也、以關西大漢歌之、配以銅琵琶鐵板、則此調音節之激壯、不難推知矣、

021

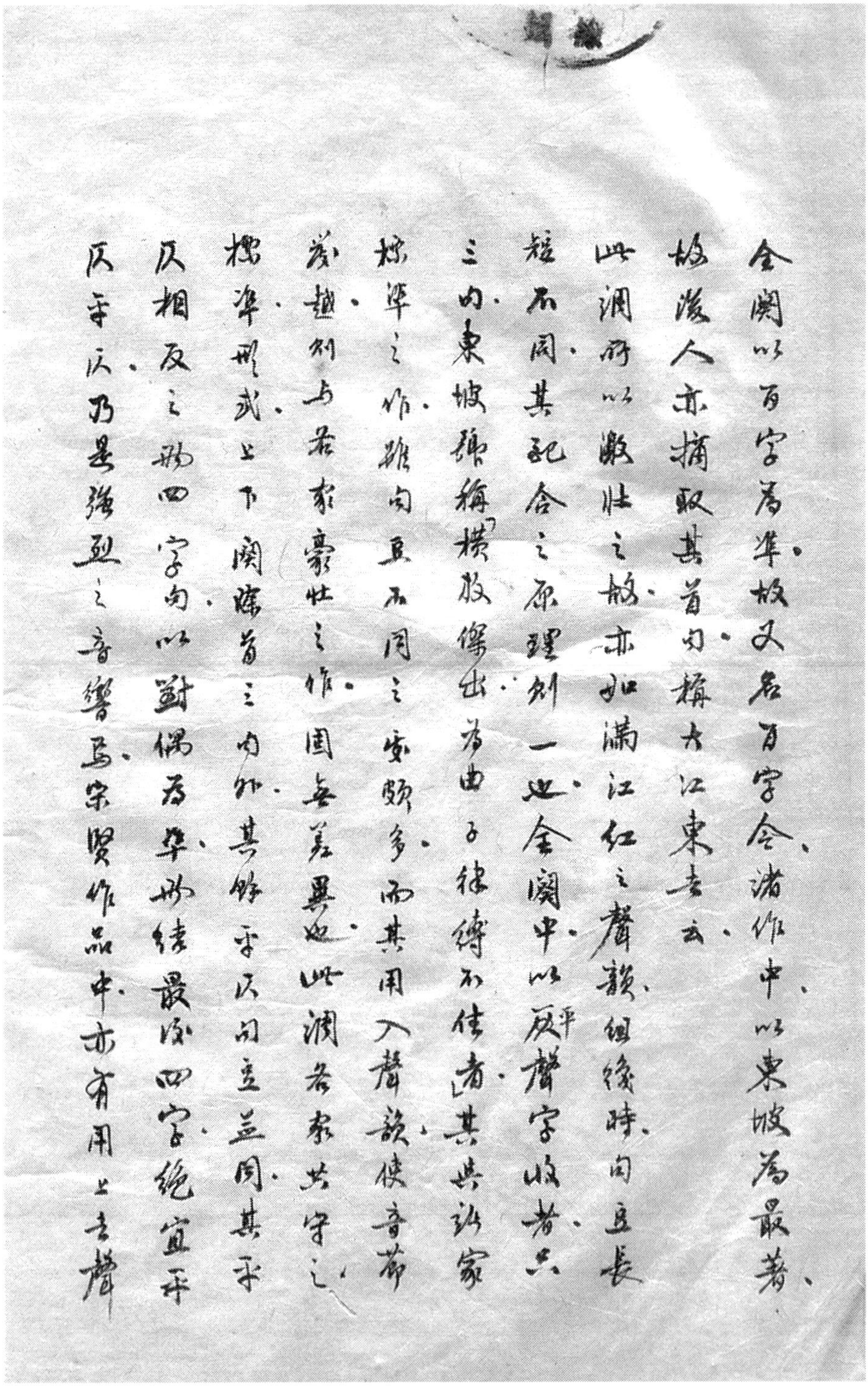
全闋以百字爲準，故又名百字令，諸作中以東坡爲最著，故後人亦摘取其首句稱大江東去云，此調所以激壯之故，亦如滿江紅之聲韻，但緣時句互長短不同，其配合之原理則一也。全闋中以仄（平）聲字收者共三，內東坡頭稱橫放傑出，爲曲子律縛不住者，其與諸家標準之作，雖句豆不同之處頗多，而其用入聲韻使音節益趨剛勁，與各家豪壯之作，固無差異也。此調各家共守之標準形式，上下闋除首三句外，其餘平仄句逗並同，其平仄相反之兩四字句以對偶為準，收結最後四字絕宜平仄平仄，乃是強勁之音響，宋賢作品中亦有用上去聲

022

韻者、其聲情頓異、往往近於沈鬱、宜寫清壯抑塞之情、於
并分別舉例、讀者細加玩味、自能有所悟入、葉石林亦曾
改作平韻、故獨白石之平韻滿江紅、故知此調以押入聲
韻爲主也、
下列各例中、應以第二體爲標準、東坡作、流傳最早、且時
代最先、故列爲第一體〻居前云、此調定格、上下闋自第四
句以下平仄句豆並同、

第一體式（仄聲韻）

丨一一丨句丨一丨豆一丨一一一丨韻丨丨一一句一丨丨
豆一丨一一丨丨叶丨丨一一句一一丨丨句丨丨一一丨叶

一一丨句丨一一丨一丨叶一丨一丨一一句丨一一丨

丨二句

丨句一一一丨叶丨丨一一句一丨丨豆一丨一一丨叶

一一丨丨句丨一一丨句一一一丨句丨一一丨一丨叶

此依詞律又一體、所據大江东去詞、別為譜式、而畧正其句豆、萬氏所稱別格也。延祐本東坡樂府所存此調只此一首、而草堂詩餘別有憑高眺遠一首、其平仄句豆、則與宋元人所通用之字格相同、此首既別格、即後人私作亦不依其句豆。則知东坡此首正所謂曲子律縛不住者、惟當以語氣之停頓分之、若必依字格、强以小喬初嫁了之了字屬下、雄姿英發為句、正復成何語說、萬氏其知詞

024

綜之說為非矣。然於多情應笑我早生華髮九字，仍於笑字斷句，殊不可通。故疊西邊四字，相當於後片之羽扇綸巾四字。自作一句，人道是三字，相當於後片之談笑安二字。於此一豆，正與以下六字內相貫。而萬氏悉依定格以七字為句，亦不免牽強。故不如全以文氣為定。學者知東坡之作風如是，正不必識其失律，亦不必從而效之。填詞時，自依定格可也。

第二疑式（仄聲韻）

ㄨ一ㄨ丨句丨一一ㄨ丨句一一一丨韻ㄨ丨一一丨丨句

ㄨ丨ㄨ一一丨叶ㄨ丨一一句ㄨ一ㄨ丨句ㄨ丨一一丨叶ㄨ

一一丨句丨一一丨一丨叶乂丨丨丨一一句乂一乂丨句
乂丨一一丨叶乂丨一一丨丨句乂丨乂一一丨叶乂丨一
一句乂一乂丨句乂丨一一丨叶乂一丨句一一丨一丨叶

此依詞律所舉稼軒野棠花落一首，參以東坡憑高眺遠
一首訂正。平聲律萬氏於第二句第一字注云：「可平」，最為
無理。此字承上領下，定用仄聲，且以去聲字為宜。凡領字
皆須強烈之音也。上下闋兩四字句，以對偶為宜，或單行，
則三句一氣貫注。豪放之筆，奇偶往往不拘。若論情辭之
美，又長短相間，而平仄相反之句，間以對法工整為主，如
東坡之「亂石穿空。驚濤拍岸」。稼軒之「曲岸持觴。垂楊繫馬」。

白石之「翠葉搖涼。玉容消酒。」「高柳垂陰。老魚吹浪。」皆平拗
以為準者也。首句音響之美。亦以仄平平仄為宜。仄字最
好為去聲也

第三體式（平聲韻）

|一一|句|一一一|句一|一一韻||一一一||句
X|一|一一叶||一一一句一一||句一||一一叶|
一一|句|一一|一一叶一|一|一一句一一一||
句一|一一叶||一一一||句X|一|一一叶||一
一句一一一|句一||一一叶|一一|句|一一|一一
叶

此依草堂詩餘所載葉夢得石林詞洞庭波冷一首為定、平仄句豆、如上式、句法除下半闋第二句依東坡別格為五字外、餘並與第二體式相同、至改仄韻為平韻之處、由於調聲關係、押韻之句、平仄畧有移易、以與白石平韻滿江紅相參證、其理可知也、此調平韻作者甚少、姑備一格、上列三式之外、尚有同於第二式而句豆微有出入、或用上去聲韻者、但於前舉諸作中一加說明、不更列為律式、

第一體　東坡

大江東去。浪淘盡、千古風流人物。故壘西邊。人道是、三國周郎

赤壁△亂石穿空。驚濤拍岸。捲起千堆雪△江山如畫。一時多少豪
傑△遙想公瑾當年。小喬初嫁了。雄姿英發△羽扇綸巾。談笑處、
檣艣灰飛煙滅△故國神遊。多情應笑我。早生華髮△人生如夢。一
樽還酹江月△
題云赤壁懷古、
延祐本穿空作崩雲、拍作裂、處作間、人生作人間、
第二體　　東坡
憑高眺遠。見長空萬里。雲無留迹△桂魄飛來光射處。冷浸一天
秋碧△玉宇瓊樓。乘鸞來去。人在清涼國△江山如畫。望中煙樹歷
歷△我醉拍手狂歌。舉杯邀月。對影成三客△起舞徘徊風露下。
今夕不知何夕△便欲乘風。翻然歸去。何用騎鵬翼△水晶宮裏。一

聲吹斷橫笛△

又　　稼軒

野塘花落。又匆匆過了。清明時節△剗地東風欺客夢。一枕雲屏寒怯△曲岸持觴。垂楊繫馬。此地曾輕別△樓空人去。舊遊飛燕能說△聞道綺陌東頭。行人曾見。簾底纖纖月△舊恨春江流不斷。新恨雲山千疊△料得明朝。尊前重見。鏡裏花難折△也應驚問。近來多少華髮△

又　　于湖

洞庭青草。近中秋、更無一點風色△玉界瓊田三萬頃、著我扁舟一葉△素月分輝、明河共影、表裏俱澄澈△悠然心會、妙處難與君

030

說△

應念嶺表經年、孤光自照、肝膽皆冰雪△短髮蕭疏襟袖冷、穩泛滄浪空闊△盡吸西江、細斟北斗、萬象為賓客△叩舷獨嘯不知今夕何夕△

題云過洞庭

此詞近中秋以下九字平仄用字皆與它格微異

又　白石

鬧紅一舸、記來時、嘗與鴛鴦為侶△三十六陂人未到、水佩風裳無數△翠葉招涼、玉容銷酒、更灑菰蒲雨△嫣然搖動、冷香飛上詩句△日暮△青蓋亭亭、情人不見、爭忍凌波去△只恐舞衣寒易落、愁入西風南浦△高柳垂陰、老魚吹浪、留我花間住△田田多少、幾回沙際歸路△

031

題云、予客武陵、湖北憲治在焉、古城野水喬木參天、予與二三友、日蕩舟其間、薄荷花而飲、意象幽閒、不類人境、秋水且涸、荷葉出地尋丈、因列坐其下、上不見日、清風徐來、綠雲自動、間於疏處窺見遊人畫船、亦一樂也、朅來吳興、數得相羊荷花中、又夜泛西湖、光景奇絕、故以此句寫之。

此首用上去聲韻、與他作聲情頗異、通允宜多押一暮字韻、

第三疊　　石林

洞庭波冷。望冰輪初轉。滄海沈沈。萬頃孤光雲陣卷。長笛吹破層陰。洶湧三江。銀濤無際。遙帶五湖深。酒闌歌罷。至今鼉怒龍吟。回首江海平生。漂流容易散。佳會難尋。縹緲孤城風露爽。獨倚危檻重臨。醉倒清尊。嫦娥應笑。猶有向來心。廣寒宮殿。為余聊借瓊林。

此調改作平韻，便覺音節舒徐，未能振厲，特成慢詞，不與豪情相稱，故自石林此作而外，甚尠用之。

桂枝香

此調不知何人所創，意造此聲者，當年秋高氣爽之時，故民氣情尤爽，有昂首高歌之概。傳作以王荊公為最早。荊公詞於上接范希文，同時與東坡為近，並為陽剛一路，故宜豪情激壯之音也。

此調例用入聲韻，上下闋，除第二句用平聲字收外，餘皆於句末用仄聲字。此種組織，極似滿江紅。又上下闋最後三句，連用四言為句，且平仄挪列，並相錯犯，益覺其倔強拗怒，迴異凡響。此種句法，又與水龍吟相近，用以攄寫壯興懷抱、或登臨弔古之情、最爲相稱、又名疎簾淡月、此調中所有逐特成領下之字、宜用去聲、方爲有力、如王作之「正」「背」「念」「嘆」「但」五字是也、其下闋除前尾同作平仄內豆並同關惟「酒旗」仄平、「衰草」平仄、爲小有出入耳、茲以斷下爲準、而以上下闋對勘、列爲譜式、如次、詞律所訂不足據也、

一一丨丨韻丨領乂丨乂一句一丨一丨句一丨一一丨丨句

丨一一丨叶乂一丨丨一一丨句丨一一豆丨一一丨叶丨一

一丨句一一乂丨句丨一一丨叶丨丨豆一一丨丨叶丨

領乂丨乂一句一丨一丨叶一丨一一丨丨句丨一一丨叶乂

一丨一一丨句丨一一逗一丨一丨叶丨一一丨句一一乂

丨句丨一一丨叶

荆公

登臨送目△正、故國晚秋。天氣初肅△千里澄江似練。翠峯如簇△征
帆去棹斜陽裏。背西風。酒旗斜矗△綵舟雲淡。星河鷺起。畫圖難
足△念自昔。豪華競逐△嘆、門外樓頭。悲恨相續△千古憑高對此。
謾嗟榮辱△六朝舊事隨流水。但寒烟。衰草凝綠△至今商女。時時
猶唱。後庭遺曲△

題云、金陵懷古、

水龍吟

水龍吟本為笛曲，取其聲音嘹喨也。傳作以東坡為最早，蘇辛一派豪放詞家多喜用之，雖或以寫柔情，而音情頓挫，不墮纖靡之習，因其句法矯動，純賴豪邁之氣以驅使之，不得流於軟弱也。

此調所以音節響剛動之故，除上闋第一第六兩句，下闋第六句用平聲字收外，其餘各句收字全用仄聲，音節自跳擲怨，而其最奇特處，上下闋皆連用四言三句為一片段，豪情勝概，膜翻直貫而下，末又以一字領下，一氣驅使，意態雄傑，全曲皆以氣盛為主也。

此調上下闋各連用四言六句，而三句自成一片段，中間不用承轉單字、純仗勁氣旋折驅使、而各片段或前奇後偶、或先偶後奇或全作單行、要當加以變化、勿使一律方為盡善盡美、上下闋除起二句及結句外、平仄句豆全同、惟上闋結用三言兩句、實等於下闋結用四言一句、以此四言必用上一下三句法、又如東坡之前結為「又還被鶯呼起」、後結為「是離人淚」、稼軒之前結為「無人會、登臨意」、後結為「揾英雄淚」、是字相當於「又還被」三字、「揾」字相當於「無人會」三字也、後結定用上一下三、此一字要承上文而將全局安頓穩定、故必以仄聲字為之、宋人亦有改用普通句法者、則全體頓覺鬆懈、不可不知也、此調所以宜於雄傑情態、全在句與韻之配合、而以氣行之、例用上去聲韻、取其清遠嘹喨、於剛勁中界常沈鬱、與滿江紅念奴嬌等、專以入聲韻為準者、又微有不同也、茲依萬氏又一體所據稼軒詞及東坡諸作、並以前後比勘訂為此式、

丨一一丨一一句丨一乂丨一一丨韻一一丨丨句乂一乂丨

句乂一乂丨叶乂丨一一句乂一乂丨句乂一一丨叶丨領乂

一丨丨句乂一乂丨句乂一丨豆一一丨叶乂丨乂一乂丨

句韻丨一一豆丨一一丨叶乂一乂丨句乂一乂丨句乂一一

叶丨叶乂丨一一句乂一乂丨句乂一一丨叶丨領乂一丨丨句

ㄨ一ㄨ丨叶丨一一丨叶

東坡

楚山修竹如雲。異材秀出千林表。龍鬚半剪。鳳膺微漲。玉肌勻繞△木落淮南。雨晴雲夢。月明風嫋△自、中郎去後。桓伊不見。知辜負。秋多少△聞道嶺南太守△後堂深、綠珠嬌小△綺窗學弄。梁州初遍。霓裳未了△嚼徵含宮。泛商流羽。一聲雲杪△爲、使君洗盡。蠻風瘴雨。作、霜天曉△

題云贈趙晦之吹笛侍兒

又

東坡

似花還似非花。也無人惜從教墜△拋家傍路。思量卻是。無情有思△縈損柔腸。困酣嬌眼。欲開還閉△夢、隨風萬里。尋郎去處。又還被。鶯呼起△不恨此花飛盡。恨西園。落紅難綴△曉來雨過。遺蹤何在。一池萍碎△春色三分。二分塵土。一分流水△細看來不是楊花點點點。是、離人淚△

題云、章次韻章質夫楊花詞、此詞為古今絕唱、惟過片不押韻、結三句語氣亦稍不周、填詞家自應以前一首為準、

又　　稼軒

楚天千里清秋。水隨天去秋無際△遙岑遠目。獻愁供恨。玉簪螺髻△落日樓頭。斷鴻聲裏。江南游子△把、吳鉤看了。闌干拍徧。無人會。登臨意△

休說鱸魚堪膾△儘西風。季鷹歸未△求田問舍。怕應

蓋見。劉郎才氣△可惜流年。憂愁風雨。樹猶如此△倩、何人喚取。紅巾翠袖。搵、英雄淚△

題云、登建康賞心亭

又　稼軒

舉頭西北浮雲。倚天萬里須長劍△人言此地。夜深長見。斗牛光燄△我覺山高。潭空水冷。月明星淡△待、然犀下看。憑欄卻怕。風雷怒。魚龍慘△
峽束蒼江對起。過危樓。欲飛還斂△元龍老矣。不妨高臥。冰壺涼簟△千古興亡。百年悲笑。一時登覽△問、何人又卸。片帆沙岸。繫、斜陽纜△

題云過南澗雙溪樓

又

龍川

鬧花深處樓臺。畫簾半捲東風軟△春歸翠陌。平莎茸嫩。垂楊金淺△遲日催花。淡雲閣雨。輕寒輕暖△恨芳菲世界。游人未賞。都付與．鶯和燕△寂寞憑高念遠△向南樓一聲歸雁△金釵鬥草。青絲勒馬。風流雲散△羅綬分香。翠綃封淚。幾多幽怨△正銷魂又是疏烟淡月。子規聲斷△

此詞絕麗、壯惟
末句句法不合

賀新郎

賀新郎曲、不知創自何時、傳世諸詞、以蘇辛爲最擅勝、則吾人擬以訂定譜式、固當以蘇辛爲準也、此曲音節、蒼涼

激壯宜抒豪放悲憤之情、南宋諸家尤喜用之、一名金縷曲、

此調全闋無一句非用仄聲字收者、所以音節奇崛、且一氣旋折而下、上下闋際皆句一用五字、一用七字、並即赴韻外、以下句並平仄全同、皆隔句協韻、惟至第六句連協便見緊湊、此一句在上下闋中並為關紐、須有千鈞之力、方克運轉自如、惟蘇辛為最能窺其秘奧、而其筆力適足以副之、學者所宜深味也、

此調用韻以入聲為主、取其發越、宋賢諸作、亦多協上去聲韻者、則音轉沉鬱、宜寫抑塞磊落之情、與怨以怒、

略異其趣矣、此調上下闋八言一句、有以一字領下七言者、亦有以三字豆、五字爲句者、茲依蘇辛諸作、並以上下闋比勘、列爲譜式、并加說明於下、

ㄨ | 一 一 | 韻 | 一 一 豆 ㄨ 一 ㄨ | 句 | 一 一 | 叶 ㄨ | 一 一

一 ㄨ | 句 ㄨ | ㄨ 一 ㄨ | 叶 | | | 豆 一 一 ㄨ | 叶 ㄨ | ㄨ 一

一 ㄨ | 句 | 領 一 一 ㄨ | 一 一 | 叶 ㄨ | | 句 ㄨ ㄨ | 叶 ㄨ

一 | | 一 一 | 叶 | 一 一 豆 ㄨ 一 ㄨ | 句 | 一 一 | 叶 ㄨ | 一

一 一 ㄨ | 句 ㄨ | ㄨ 一 ㄨ | 叶 | | | 豆 一 一 ㄨ | 叶 ㄨ | ㄨ

一 一 ㄨ | 句 | 領 一 一 ㄨ | 一 一 | 叶 ㄨ | | 句 ㄨ ㄨ | 叶

此調上下闋七言各二句、末三字或作平平仄、或作平仄仄、或作仄平仄、皆可不拘、下半闋第二句、上三下四、例用仄平平平平仄仄、東坡作待浮花浪蕊都盡、乃成仄平平仄仄平仄、各家殊少遵用、不必從而效之也、其他各句除領字外、逢單數之字、亦每有出入者、譜式中不能備舉、但取諸家實據可耳、

正格（入聲韻）

乳燕飛華屋△悄無人。槐陰轉午。晚涼新浴△手弄生綃白團扇。扇手一時似玉△漸困倚。孤眠清熟△簾外誰來推繡戶。枉教人夢斷瑤臺曲△又卻是。風敲竹△

石榴半吐紅巾蹙△待浮花。浪蕊都盡。

伴君幽獨△穠艷一枝細看取。芳意千重似束△又恐被、秋風驚綠△
若待得君來向此。怕、花前對酒不忍觸△共粉淚。兩簌簌△
延祐本槐陰作桐陰、芳意作芳心、花前句無怕字、此依宋四家詞選、

又　稼軒

鳳尾龍香撥△自開元、霓裳曲罷。幾番風月△最苦潯陽江頭客。畫舸亭亭待發△記出塞、黃雲堆雪△馬上離愁三萬里。望、昭陽宮殿孤鴻沒△絃解語。恨難說△遼陽驛使音塵絕△瑣窗寒。輕攏慢撚。淚珠盈睫△推手含情還卻手。一抹涼州哀徹△千古事、雲飛煙滅△賀老定場無消息。想、沉香亭北繁華歇△彈到此。為嗚咽△
題云賦琵琶

此詞純以琵琶故事、連貫而成、上闋之記出塞黃雲堆雪、追溯往事、下闋之千古事雲飛煙滅、往來中間一兩、賀老以下、復掉頭卻顧、將開元遠恨收繳清楚、此種大開大闔之筆、雖稼軒有此神力耳、此詞及下一首、最是爲填此曲者之法式

稼軒

又

綠樹聽鵜鴂。更那堪、杜鵑聲住，鷓鴣聲切。啼到春歸無啼處，苦恨芳菲都歇。算未抵、人間離別。馬上琵琶關塞黑，更長門、翠輦辭金闕。看燕燕，送歸妾。

將軍百戰身名裂。向河梁、回頭萬里，故人長絕。易水蕭蕭西風冷，滿座衣冠似雪。正壯士、悲歌未徹。啼鳥還知如許恨，料不啼清淚長啼血。誰伴我，醉明月。

大德本題云：別茂嘉十二弟。鵜鴂杜鵑實兩種，見離騷補注。

又啼鴂作鵜鴂。

此詞連用許多鳥名、中間又是一堆送別故事、不但不填窒塞堆砌、而轉見其悲壯激越者、純由上闋之算未抵人間離

別、下闋之正壯士悲歌未徹二語、還相排挽、開擴收縱、並具千鈞之力、視前一首尤奇、要真以曲中之絕作也

別格（上去聲韻）　　稼軒

甚矣吾衰矣、悵平生、交游零落、只今餘幾、白髮空垂三千丈、一笑人間萬事、問何物、能令公喜、我見青山多嫵媚、料青山見我應如是、情與貌、略相似、一尊搔首東窗裏、想淵明、停雲詩就、此時風味、江左沈酣求名者、豈識濁醪妙理、回首叫雲飛風起、不恨古人吾不見、恨古人不見吾狂耳、知我者、二三子、

大佳李題云、邑中園亭、僕皆爲賦此詞、一日獨坐停雲、水聲山色競來相娛、意溪山欲援例者、遂作數語、庶幾彷彿淵明思親友之意云、

又　　石林

聽越啼鶯語△捲蒼苔、房櫳向晚。亂紅無數△吹盡殘花無人見。惟有垂楊自舞△漸暖靄、初回輕暑△寶扇重尋明月影。暗塵侵、上有乘鸞女△驚舊恨、遽如許△

江南夢斷橫江渚△浪黏天、葡萄漲綠。半空煙雨△無限樓前滄波意。誰採蘋花寄取△但悵望、蘭舟容與△萬里雲颿何時到。送孤鴻、目斷千山阻△誰為我、唱金縷△

又　　龍洲

老去相如倦△向文君、說似而今。怎生消遣△衣袂京塵曾染處。空有香紅尚軟△料彼此、魂銷腸斷△一枕新涼眠客舍。聽、梧桐疏雨秋風顫△燈暈冷。記初見△

樓低不放珠簾捲△晚妝殘、翠蛾狼藉。淚痕凝臉△人道愁來須殢酒。無奈愁深酒淺△但託意、焦琴紈扇△

049

莫鼓琵琶江上曲。怕荻花楓葉俱淒怨△。雲萬疊。寸心遠△

又　　梁汾

季子平安否△。便歸來、平生萬事。那堪回首△。行路悠悠誰慰藉、母老家貧子幼△。記不起、從前杯酒△。魑魅搏人應見慣。總輸他覆雨翻雲手△。冰與雪。周旋久△。淚痕莫滴牛衣透△。數天涯依然骨肉。幾家能穀△。比似紅顏多命薄。更不如今還有△。只絕塞、苦寒難受△。廿載包胥承一諾。盼烏頭馬角終相救△。置此札。兄懷袖△

我亦飄零久△。十年來、深恩負盡。死生師友△。宿昔齊名非忝竊。只看杜陵消瘦△。真不減、夜郎僝僽△。薄命長辭知己別。問人生、到此淒涼否△。千萬恨。為兄剖△。兄生辛未吾丁丑△。共些時、冰霜摧折。

早衰蒲柳，詞賦從今須少作，留取心魂相守，但願得、河清人壽。
歸日急翻行戍稿，把空名料理傳身後。言不盡，觀頓首。

以上二首，題云：寄吳漢槎寧古塔，以詞代書。時漢槎戍寧古塔。
本編采例原以唐宋兩家為主，此二詞讀之可增朋友之重義，特錄之。

八聲甘州

甘州為唐時邊塞曲。詞律云：西域志載龜茲國工製伊州、甘州、涼州等曲，皆翻入中國。八聲者，歌時之節奏也。萬氏摭劉過、蔣捷、柳永三家之作，共列三體。竊案自宋以來，詞家所用，悉以柳氏此章為準，音節之美，亦以柳詞為最。
本編只列一體，不及其他焉。

此調所以宜作壯音，在其一氣奔放、盤旋而下、繁音促節、不能自休、上下闋結領字、須具旋折之力。乃能雄傑自然。此等曲調、並以氣勢蒼莽為主、故宜登高懷遠、或感慨興亡之作。豪放派作家、恆喜用之。並依柳詞、參以他家之作、定式如下。

｜領×一×｜｜一一句×一｜一一韻｜領一一×｜句一

一｜｜句×｜一一叶｜｜×一×｜句｜｜｜一一叶×｜

一一｜句×｜一一叶×｜×一×｜句｜領×一×｜句

×｜一一叶｜領×一×｜句×｜｜一一叶｜一一豆×一

×｜句｜領｜一×｜｜一一叶一一｜豆｜一一｜句×｜

一一 叶

起由西樓以一字領七字、亦有作上三下五、或上一下四五字為句、而於第八字互与下句相連者、次句例用平平仄平平、亦有用平仄仄平平者、若以柳詞為主、結尾如耆卿之「倚闌干處」、闌干二字相連、上一字宜用仄聲、乃与最末一句緊湊有力、故南北宋作者多遵之、若東坡之「不應回首」、易作普通用法、便覺稍平矣、

耆卿

對瀟瀟暮雨灑江天。一番洗清秋。漸霜風淒緊。關河冷落。殘照當樓。是處紅衰綠減。苒苒物華休。惟有長江水。無語東流。不

忍登高臨遠、望故鄉渺邈、歸思難收。歎年來蹤跡、何事苦淹留。想佳人、妝樓長望、誤幾回天際識歸舟。爭知我、倚闌干處、正恁凝愁。

又　　東坡

有情風、萬里捲潮來、無情送潮歸。問錢塘江上、西興浦口、幾度斜暉。不用思量今古、俯仰昔人非。誰似東坡老、白首忘機。記取西湖西畔、正暮山好處、空翠煙霏。算詩人相得、如我與君稀。約他年東還海道、願謝公雅志莫相違。西州路、不應回首、為我沾衣。

題云送參寥子

又　　夢窓

渺、空煙四遠。是何年。青天墜長星◎幻蒼崖雲樹。名娃金屋◎殘霸宮城◎箭徑酸風射眼。膩水染花腥◎時靸雙鴛響。廊葉秋聲◎宮裏吳王沉醉。倩五湖倦客。獨釣醒醒◎問蒼波無語。華髮奈山青◎水涵空、闌干高處、送亂鴉斜日落漁汀◎連呼酒、上琴臺去、秋與雲平◎

題云、陪庚幕諸公秋登靈巖、

又　　榕軒

故將軍、飲罷夜歸來。長亭解雕鞍◎恨灞陵醉尉。匆匆未識。桃李無言◎射虎山橫一騎。裂石響驚弦◎落魄封侯事。歲晚田園◎誰向桑麻杜曲。要短衣匹馬。移住南山。看風流慷慨。談笑過殘年。
漢開邊。功名萬里。甚當時健者也曾閑。紗窗外。斜風細雨。一陣
春寒。

題云。夜讀李廣傳。不能寐。因念晁楚老楊民瞻約同居山間。戲用李廣事。以寄之。
以上二詞首句並以三字豆與柳詞異

又　玉田

記。玉關踏雪事清游。寒氣脆貂裘。傍枯林古道。長河飲馬。此意
悠悠。短夢依然江表。老淚灑西州。一字無題處。落葉都愁。載
取白雲歸去。問誰留楚珮。弄影中洲。折蘆花贈遠。零落一身秋。
向尋常野橋流水。待招來不是舊沙鷗。空懷感。有斜陽處。最怕

登樓◎

題云 饒沈秋江、

玉田此作首句即押韻 第二句第二字用仄聲 與他人異、

六州歌頭

六州、謂伊州、涼州、甘州、石州、氐州、渭州、皆邊塞曲也、樂府詩集近代曲辭並存其詞、而配以唐人五七言詩、不止一遍、則其初本皆大曲也、程大昌演繁露云、六州歌頭、本鼓吹曲、近世好事者、倚其聲為弔古詞、音調悲壯、不與艷詞同科、據此知此調之由來、其聲情悲壯、挾塞外風沙之氣、宜為豪放詞家所常用也、

此調所以激壯之故、在句法方面、全闋中以無數三言句

駢驚而下，繁音促節，如山洞奔流，不能自止，其最勝，擅場者，則以平仄聲韻互協，更如千騎騰踏，萬鼓齊鳴，雄傑蒼涼，不可方物，然非具有豪邁沉雄之筆力，未易副其聲情。故歷代詞家傳作亦少，惟賀方回張于湖為最，劉龍洲已不免筋疲力竭，此其所以難也。填此曲者，最宜注意選韻，以平聲為主，而平聲韻有洪亮者，有纏綿者，有纖弱者，用之失宜，則情調全非，觀於韓南澗詞之用支微韻，以寫兒女柔情，其故可知也。此調以同一韻部平仄互為正體，有僅協平韻者，亦有夾協仄韻而不如與平聲韻同部者，茲分列為三式如下：

第一體式（平仄聲韻同部多協）

| — | | 句 — | | — — 韵 — | | 叶换仄 — | | 仄叶 | — — 平叶

| — — 平叶 | | — — | 仄叶 — — | 仄叶 — — | 仄叶 — | | 仄叶 — —

| 仄叶 | — — 平叶 — | | — 句 — | — — | 仄叶 | | — — 平叶 | 欲

— — | | 句 | | | — — 平叶 | | — — 平叶 | — — 平叶 | | 欲 —

— | 仄叶 — — | 仄叶 — | | 仄叶 | — — 平叶 — | | 仄叶 — | | 仄叶 |

— — 平叶 | — — 平叶 | | — — | 仄叶 — — | 仄叶 | — — 平叶 — | |

仄叶 — — | 仄叶 | — — 平叶 | | — — 句 | | — — | 仄叶 | | — —

平叶 | | 欲 — — — | 句 | | | — — 平叶 | | — — 平叶

此調上半闋自第三句以下与下半闋第五句以下平仄

句互協韻並同。惟七結多三言一句。

此式作賀鑄東山樂府有之。後世竟無嗣響。以上下闋比

勘，則知賀氏固深於音律者也。

第二體式（平仄聲韻不同部互協）

一 一 ｜ ｜ 句 一 ｜ ｜ 一 一 韻 一 ｜ ｜ 韻換 仄 一 一 ｜ 仄叶 ｜ 一 一 平叶

｜ 一 一 平叶 ｜ ｜ 一 一 ｜ 仄二 換 一 ｜ ｜ 仄叶 二 一 一 ｜ 仄叶 二 一 ｜ ｜

仄叶 二 一 一 ｜ 仄叶 二 ｜ 一 一 平叶 ｜ ｜ 一 一 句 ｜ ｜ 一 一 ｜ 句 ｜ ｜

一 一 平叶 ｜ 領 一 一 一 ｜ 句 ｜ ｜ ｜ 一 一 平叶 ｜ ｜ 一 一 平叶 ｜ 一 一

平叶 ｜ 領 一 ｜ ｜ 仄三 換 一 一 ｜ 仄叶 三 一 一 ｜ 仄叶 三 ｜ 一 一 平叶 一

｜ ｜ 仄四 換 一 一 ｜ 仄叶 四 ｜ 一 一 平叶 ｜ 一 一 平叶 ｜ ｜ 一 一 ｜ 句 一

一丨句丨一一叶平一丨丨互換仄一一丨叶互仄丨一一叶平一丨一

一句丨丨一一丨句一丨一一叶平丨領一一丨丨句丨丨丨一

一叶平丨丨一一叶平

右依詞律所採錄元吉詞，略而其句豆，列為第二式。其所用仄聲韻，經換互部，與第一式之平仄韻全屬同部者，雖異其聲響，而節拍繁促，亦復悅耳，不似僅協平韻者之緩為單調也。

第三體式（單協平韻）

一一丨丨句一丨丨一一韻一一丨句一一丨句丨一一叶丨

一一叶一丨一一丨句丨一丨句一一丨句一丨丨句一一丨

句丨一一叶丨丨一一句丨丨㇏一一丨句一丨一一叶丨領一

一一丨句丨丨丨一一叶一丨一一叶丨一一叶丨領一一

丨句丨一丨句一一丨句丨一一叶一丨丨句一一丨句丨一

一叶丨一一叶一丨一一丨句丨一丨句丨一一叶一丨丨句

一一丨句丨一一叶一丨一一句一丨一一丨句丨丨一一叶

丨領一一丨丨句一丨丨一一叶丨丨一一叶

右依詞律所據張孝祥詞，略正其句逗，列為第三式。句中偶有可平可仄之處，取上下闋及前二式句逗相同者互加比勘，即可得之，不復詳注矣。此三式外，稼軒、龍洲、沿川諸家之作，句逗稍有出入，音節

不如賀張諸詞作之美聽、意或不免舛誤、故亦不復備列、

第一體　東山

少年俠氣。交結五都雄◎。肝膽洞△，毛髮聳△。立談中◎，死生同◎。一諾千金重△，推翹勇△，矜豪縱△，輕蓋擁△，聯飛鞚△，斗城東◎。轟飲酒壚。春色浮寒甕△，吸海垂虹◎。閒、呼鷹嗾犬。白羽摘雕弓◎。狡穴俄空◎。樂匆匆◎。

似、黃粱夢△，辭丹鳳△，明月共△，漾孤篷◎。官冗從△，懷倥傯△，落塵籠◎，簿書叢◎。鶡弁如雲眾△，供麤用△，忽奇功◎。笳鼓動△，漁陽弄△，思悲翁◎。不請長纓。係取天驕種△，劍吼西風◎。恨、登山臨水。手寄七絃桐◎，目送歸鴻◎。

此作以東董凍等第一部洪亮之韻參差互協

氣韻沈雄聲情相稱信本調之模範作品也

第二體　南澗

東風着意。先上小桃枝◎紅粉膩△嬌如醉△倚朱扉◎記年時◎隱映新
妝面△臨水岸△春將半△雲日暖△斜陽轉△夾城西◎草軟沙平。蹶馬垂
楊渡。玉勒爭嘶◎認蛾眉凝笑。臉薄拂胭脂。繡戶曾窺◎恨依依◎
昔、攜手處△香如霧△紅隨步△怨春遲◎消瘦損△憑誰問△只花知◎淚空
垂◎舊日堂前燕。和煙雨。又雙飛◎人自老△春長好△夢佳期◎前度劉
郎。幾許風流地。花也應悲◎但茫茫暮靄。目斷武陵溪◎往事難追◎

本調詩餘斜陽作斜橋、
沙作莎、蹶作跋、昔作共
此詞用韻、平聲全屬第三部之支微齊、皆係弱之音、不足以
振起其調、故雖倚此然壯之曲、但為情昔迥切之聲、與本曲
音皆全亦此選韻為填詞家所必講也、所押仄韻、則膩醉為
一部、面岸半暖轉為一部、處、霧步為一部、損問為一部、老好
為一部、各自為協、雜不及賀作之壯音繁會、亦自見節拍之
緊弦、而有繁絃急發之概、蓋節之雜僅押平韻則語調過於

生硬、不及賀彬諸作爲蘊藉矣

第三疊

于湖

長淮望斷。關塞莽然平◎。征塵暗。霜風勁。悄邊聲◎。黯銷凝◎。追想當年事。殆天數。非人力。洙泗上。絃歌地。亦羶腥◎。隔水氈鄉。落日牛羊下。區脫縱橫◎。看、名王宵獵。騎火一川明◎。笳鼓悲鳴◎。遣人驚◎。念、腰間箭。匣中劍。空埃蠹。竟何成◎。時易失。心徒壯。歲將零◎。渺神京◎。干羽方懷、遠。靜烽燧。且休兵◎。冠蓋使。紛馳騖。若爲情◎。聞道中原。遺老常南望。翠葆霓旌◎。使、行人到此。忠憤氣填膺◎。有淚如傾◎。

又

龍洲

中興諸將。誰是萬人英◎。身草莽。人雖死。氣填膺◎。尚如生◎。年少起

河北。劍三尺，可勘存亡。寒潮閑撼渦沈淵。旋北望帝京。猶見依然在。良犬先烹，過處時驚壘。荊鄂有遺民。憶故將軍淚欲傾。說、當年事。知悵苦。不幸語。傷郢真。臣有罪。陛下聖。可鑒臨。一片心。萬古分茅土。終不到。舊無居人。此猶白日照。忽聞明窗佩冕臺。首拜九原不。崇戴君恩看、年年三月。滿地野花春。園落迎神。

題云弔武穆鄂王忠烈廟、此調李后多不入律、周詞尤難、故雖激昂壯慨、終覺生硬。不適於歌喉。人必精三字、此不要。學者取與以上諸作比較讀之。可悟修辭選聲之妙用。路文學本身之價值、固係匯淺也。

西河 三疊

西河一曲、不知其所從來、周邦彥清真集中、共存二闋、傳世之作、首數清真、亦以清真為最擅勝、或即清真慢調、亦未可知、王灼碧雞漫志稱清真與賀方回詞最為奇崛、清真原多慢調、惟以剛勁之氣行之、予嘗以為善用健筆寫柔情者、莫清真若、此調聲情傲兀、跌蕩生姿、用以書（抒）寫壯懷、或登臨弔古、亦復饒有奇趣、不落纖軟之習、故以屬諸壯音之部云、

此調分三疊、第一疊第二句以下、與第二疊第三句以下、句豆平仄全同、各用七言二句、下以四言及六言句鉤轉頗佳、便見奇橫之致、第三疊為單行、句句押韻、愈逼愈緊、結尾六字一氣貫下、尤見剛勁有力、此調偏於陽剛之

美，不難於清真遺作中體味得之。押韻以上去聲爲主，取其清勁之音，句中平仄配合，亦與尋常詩句迥異，故對仄聲字有時須辨上去入，方宜脣吻。試取清真詞細心玩索，即能領略其音旨，如必囿四聲一字不可移易，則又近於膠柱鼓瑟矣。

清真所作二詞，句中平仄，亦自小有出入，茲以金陵懷古一闋爲準，列爲譜式，以諸家多從此格也。

一｜｜韻×一｜｜一｜叶×一｜｜｜一一句｜一｜｜叶

｜一×｜｜一一句一一一｜一｜叶｜一｜叶一｜｜叶

×一｜｜一｜叶×一｜｜｜一一句｜一｜｜叶｜一×｜

丨一一句一一一丨一丨叶丨一丨丨丨丨叶乂一乂豆

一丨一丨叶乂丨乂一一丨叶丨欲一一丨丨一一乂丨叶一

丨一一一一丨叶

右依清真夢窗遺作、比勘製成、第三疊起句、須上平去上去去上。其他仄聲字、孰宜上去、學者但依例比勘、求之可也、第二疊首句、清真作協韻、夢窗及他家有不協者、實則此三言二句、即等於第一疊之三言一句、曲中複唱一遍、此調第一第二疊、節奏全同也、

清真

佳麗地△南朝盛事誰記△山圍故國繞清江。髻鬟對起△怒濤寂寞

打空城。風檣遙度天際△ 斷崖樹猶倒倚△ 莫愁艇子曾繫△ 空餘舊迹鬱蒼蒼。霧沉半壘△ 夜深月過女牆來。傷心東望淮水△ 酒旗戲鼓甚處市△ 想依稀王謝鄰里△ 燕子不知何世△ 向尋常巷陌人家相對△ 如說興亡斜陽裏△

題云、金陵懷古、此詞純以劉禹錫金陵雜詠之絕句、鎔綜變化而來、而懷抱悲涼、有蒼莽雄直之氣、與劉作風調迥殊、於此益見文學形式、關係於技巧之表現、非淺尠也、

又　夢窗

春乍霽△ 清漣畫舫融洩△ 螺雲萬點、暗凝愁。黛蛾照水△ 漫將西子比西湖。溪邊人更多麗△ 步危徑。攀艷蕊△ 掬霞到手紅碎△ 青蛇

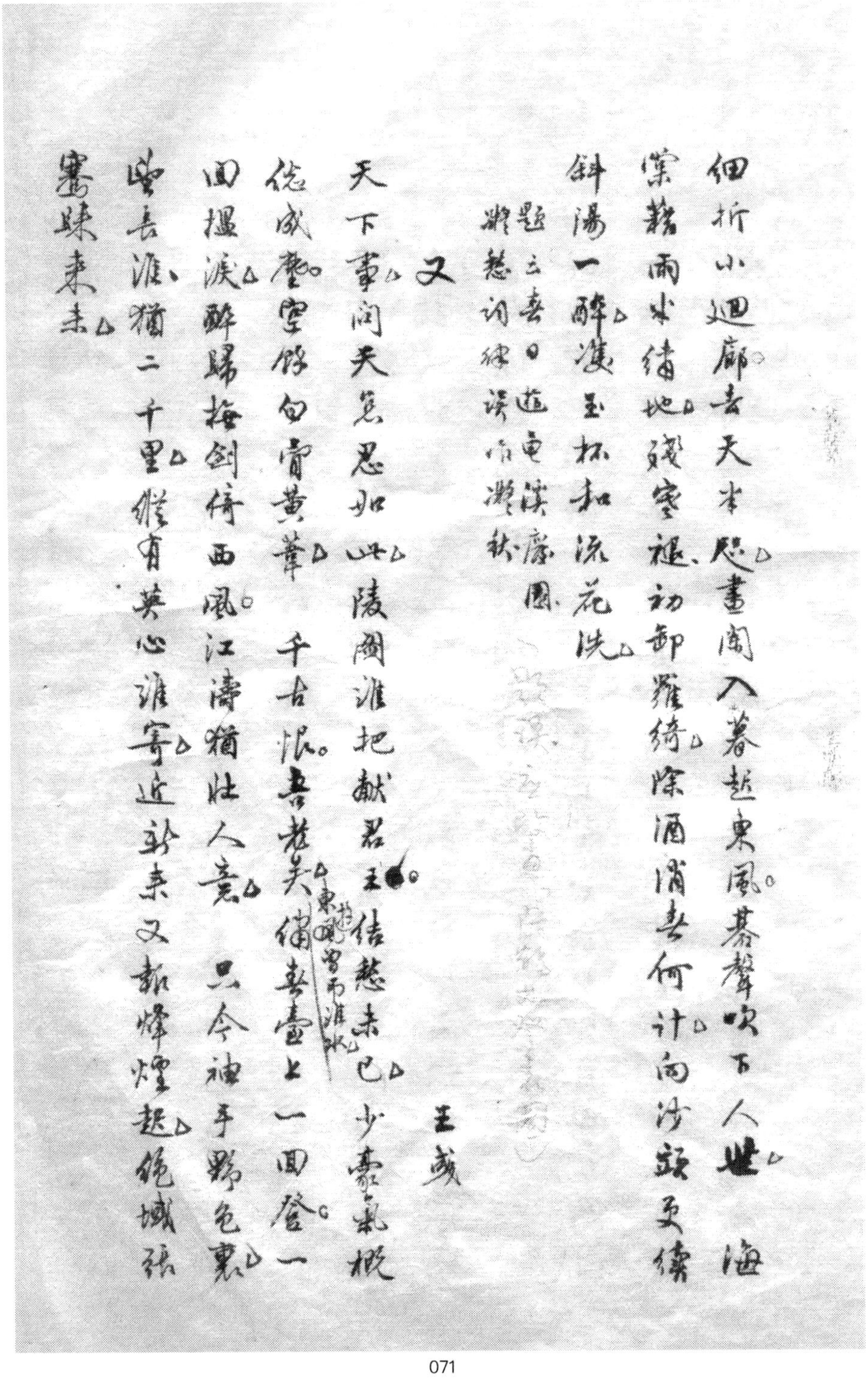
細折小迴廊，去天半咫，畫閣入暮。趁東風，慕聲吹下人世。海
棠鞋雨半情地，殘雲褪、初卸羅綺。除酒消春何計，向沙頭更續
斜陽一醉。渡玉杯和流花洗。
題云春。遊電湖靡園。
渺愁詞律誤作渺秋。

又
天下事，問天怎忍如此。陵闕誰把獻君王。結愁未已。少豪氣概
總成塵，空贈白骨黃葦。千古恨，吾老矣。東遊曾弔淮水。繡春臺上一回登，一
回攬淚。醉歸按劍倚西風，江濤猶壯人意。只今袖手野色裏。
望長淮、猶二千里。縱有英心誰寄。近新來、又報烽煙起。絕域張
騫歸來未。

王彧

071

題誤，應改為「陪鶴林登袁園」

此譜詞律所引，未詳出自何書。聲律雖多未合，而氣勢頗悲壯，故附錄之。倚聲家但依前兩闋為準可也。

翠樓吟

翠樓吟為姜白石自製曲，世傳白石道人歌曲旁綴音譜，以工尺譜譯之，猶可歌也。白石小序云：「淳熙丙午冬，武昌安遠樓成，與劉去非諸友落之，度曲見志。」意為依古鼓吹曲之音節，而變化為之。鼓吹非於用朝會宴饗、戒道路迎送，原出胡部，固為壯音也。此調所以激壯之故，在文字上求之，全曲多用四言偶句，而以一字領下，勁挺有力。又上下闋各有兩處連協二句，亦見欹奇磊落之致。用韻以上去聲為準，宜抒壯麗之情。

戈順卿詞林正韻云「此詞專用去聲韻」，蓋白石原詞如此也。

上半闋自第四句以下，與下半闋第四句以下平仄句豆全同，又上半闋起調四言二句，定須對偶，入後以一字領四言兩句亦然，即全闋中必有三處四言對句，方見整齊之義也。

茲以白石原詞上下闋對勘，列式如下：

丨丨一一句一一丨丨句一一丨丨一丨韻乂一一丨丨句丨

一丨豆一一一丨叶一一一丨叶丨領丨丨一一句一一丨

叶一一丨叶丨一一丨句丨一一丨叶丨丨叶一丨一一

句丨領丨一一丨句丨一一丨叶╳一一丨丨句丨一丨豆一
一一丨叶一一一丨叶丨領丨丨一一句一一丨叶一一丨
叶丨一一丨句丨一一丨叶

白石

月冷龍沙。塵清虎落。今年漢酺初賜△新翻胡部曲。聽氈幕元戎歌吹△層樓高峙△看、檻曲縈紅。簷牙飛翠△人姝麗△粉香吹下。夜寒風細△此地△宜有詞仙。擁、素雲黃鶴、與君遊戲△玉梯凝望久。歎芳草、萋萋千里△天涯情味△仗、酒祓清愁。花消英氣△西山外△晚來還捲。一簾秋霽△

題云、淳熙丙午冬、武昌安遠樓成、與劉去非諸友落之、度曲見志。予去武昌十年，故人有泊舟鸚鵡洲者、聞小姬歌此詞詞之頗能道其事，還吳為予言之，興懷昔遊，且傷今之離索也。

石州慢

石州亦唐時邊塞曲，宋史音樂志恒以慢曲與急曲對舉，慢即慢曲，謂石州曲中之慢調也。傳世之作，以賀方回為最早，張元幹蘆川詞亦有此調，辭響激越，所寫皆悲憤之情，故知此調自為壯音也。四印齋本東山詞作石州引，此調開端即用四言三句，下又攙以六言兩句，與下半闋首用二言短句協韻，繼以四言三句，並於整齊中見奇峭之致。又上半闋自第六句以下，與下半闋第七句以下，平仄句豆全同，三句拗折而下，勁挺有力，結並用上一下四

句法、逆頓住、不見痕、使全調所謂噴薄而出之者也、

此調以押入聲韻為宜、上半闋四言句、有兩處應用對偶、

切須注意發揮筆力、茲錄賀詞列式如下、

｜｜一一句一｜｜一句一｜一｜韻一一｜｜一一句｜｜

｜一一｜叶乂一乂｜句｜｜｜｜一一句一一乂｜一一｜

叶乂｜｜一一句｜一一一｜叶一｜叶｜一一｜句一｜

一一句｜一一｜叶一｜一一句｜｜一一一｜叶乂一一｜

句｜｜｜｜一一句一一乂｜一一｜叶乂｜｜一一句｜一

一一｜叶

東山

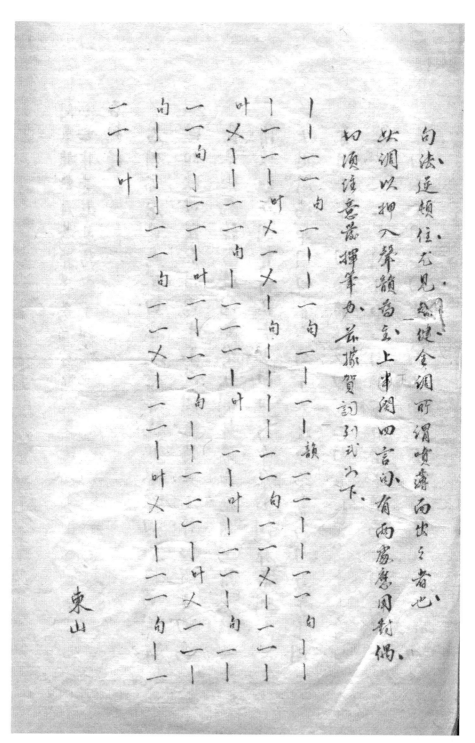

薄雨收寒。斜照弄晴。春意空闊△長亭柳蕾蓓纔黃。遠客一枝先折△
煙橫水漫。映帶幾點歸鴻。東風消盡龍沙雪△猶記出關來。恰如
今時節△將發畫樓芳酒。紅淚清歌。頓成輕別△回首經年杳杳
音塵都絕△欲知方寸。共有幾許清愁。芭蕉不展丁香結△望斷一
天涯。兩厭厭風月△

詞律收作僧、蓓作色、漫作際、鴻作雁、猶作還、關來作門時、回
首作已是、坐斷句作輕坐斷天涯、以上字調勘之、坐作斷一
天涯爲是、四部备本作枉坐斷一
天涯、成六言句則枉字爲襯字矣

又　蘆川

雨急雲飛。瞥然驚散。暮天涼月△誰家疏柳低迷。幾點流螢明滅△
夜帆風駛。滿湖煙水蒼茫。菰蒲零亂秋聲咽△夢斷酒醒時。倚危檣

清絕△心折△長庚光怒，群盜縱橫。逆胡猖獗△欲挽天河一洗中原骨血△兩宮何處。塞垣秖隔長江。唾壺空擊悲歌缺△萬里想龍沙。泣孤臣吳越△

題云、己酉秋吳興舟中

此詞乎反當前作小有出入、尤以第二三句尤喜其聲情之激越、因極與本調相稱也

氐州第一

氐州第一、當為唐時邊塞曲中之一遍、猶白石道人在商調霓裳曲十八闋中、裁取其中序一闋為之填詞、謂之霓裳中序第一是也、此調在清真集中、亦屬商調、凡商調曲、多為悽音、商音屬秋、秋為肅殺之象、故按月律而製之曲、

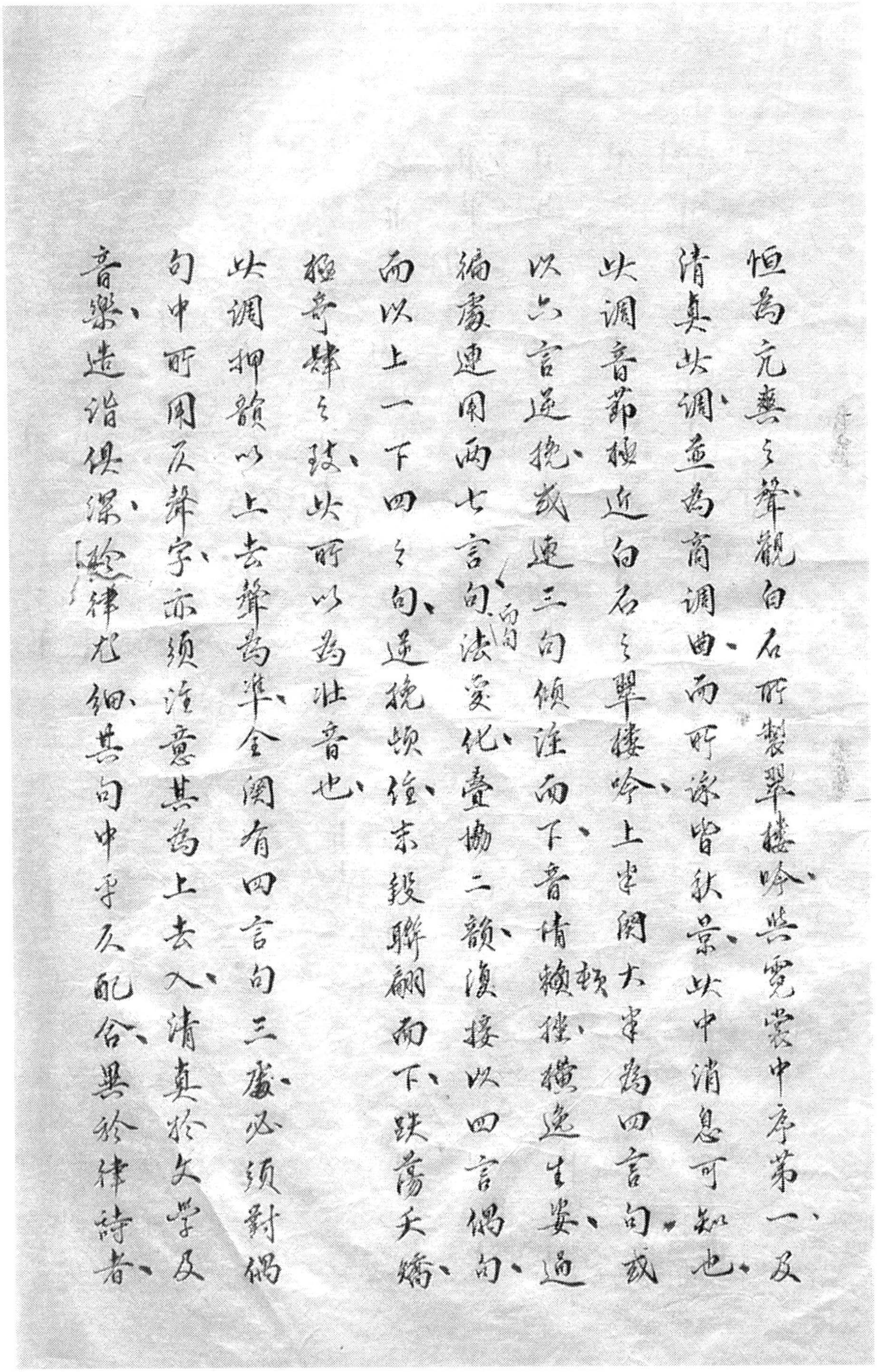
恒為亢爽之聲、觀白石所製翠樓吟、其霓裳中序第一、及清真此調、並為商調曲、而所詠皆秋景、此中消息可知也、此調音節極近白石之翠樓吟、上半闋大半為四言句、或以六言逆挽、或連三句傾注而下、音情頓挫、橫逸生姿、適徧處連用兩七言句、兩句法變化、疊協二韻、復接以四言偶句、而以上一下四之句、逆挽頓住、末段聯翩而下、跌蕩夭嬌、極奇肆之致、此所以為壯音也、此調押韻以上去聲為準、全闋有四言句三處、必須對偶、句中所用仄聲字、亦須注意其為上去入、清真於文學及音樂、造詣俱深、總律尤細、其句中平仄配合、異於律詩者、

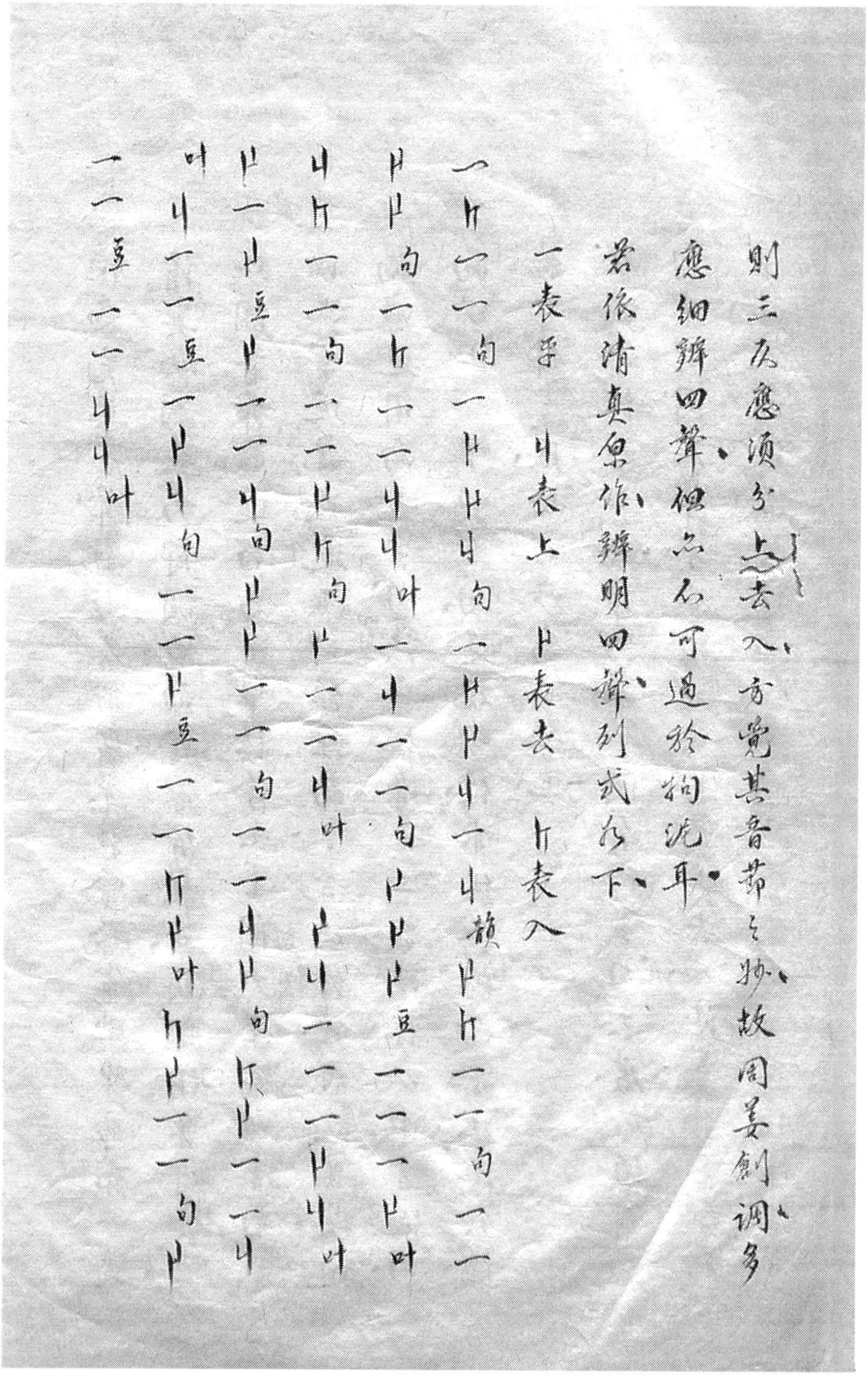

則三仄應須分上去入、方覺其音節之妙。故周姜創調多

應細辨四聲、但亦不可過於拘泥耳。

若依清真原作辨明四聲、列式如下、

一表平　ㄐ表上　卜表去　ㄏ表入

一ㄏ一　句　一ㄏㄐ卜一ㄐ韻ㄐㄏ一一　句一一

卜ㄏ　句　一ㄏㄐㄏ一句　卜一一卜一　豆一一ㄏ叶

卜一　句　一卜一句ㄐㄏㄐ豆一ㄐ一一卜叶

卜一　句　一一ㄐ叶　卜一一一ㄐ句

ㄐ一一ㄏ叶　卜一ㄐㄐ句一一一ㄐ卜叶

卜一ㄐ豆一卜句ㄐ一一一ㄐ句

ㄐㄐ一一卜句一一一卜一一ㄐ句

卜ㄐ一豆一卜一一卜叶

一豆一一ㄐㄐ叶

波落寒汀。村渡白晚。遙看數點帆小△亂葉翻鴉。驚風破雁。天角
孤雲縹緲△官柳蕭疏。甚尚挂。微微殘照△景物關情。川途換目。頓（賴）
來催老△　漸解狂朋歡意少△奈猶被、思牽情繞△座上琴心。機中
錦字。覺、最縈懷抱△也知人、懸望久。薔薇謝、歸來一笑△欲夢高唐
未成眠。霜空已曉△

蘭陵王

蘭陵王越調、隨（由隋）唐嘉話、齊文襄長子長恭、封蘭陵王、與周
師戰、勇冠三軍、武士共歌謠之、曰蘭陵王入陣曲、此調名
所始也、樂府詩集、近代曲辭、有破陣樂、不知是為否仝調

081

所託始、碧鷄漫志稱清真此曲、最爲奇崛、又宋人筆記言、宋室南渡時、有老伶工傳清真此曲遺譜於宋忠簡家云、出天府、音節奇橫、惟老笛師能倚之以節歌者、是此曲爲激壯之音、或即清真所創、所謂因舊曲造新聲也、

此調所以激壯之故、在其協韻忽鬆忽緊、又全用入聲韻、讀之清脆頓挫、聲如裂帛、其句中平仄四聲之配合、亦每句乖常、句法不同、而尤注意於去聲字之運用、使在相當地位、益顯強烈有力、即以清真原作証之、可以窺其聲情之妙、不與艷詞同科也、

茲依清真詞、共分三段、詳注四聲、列式如下、

082

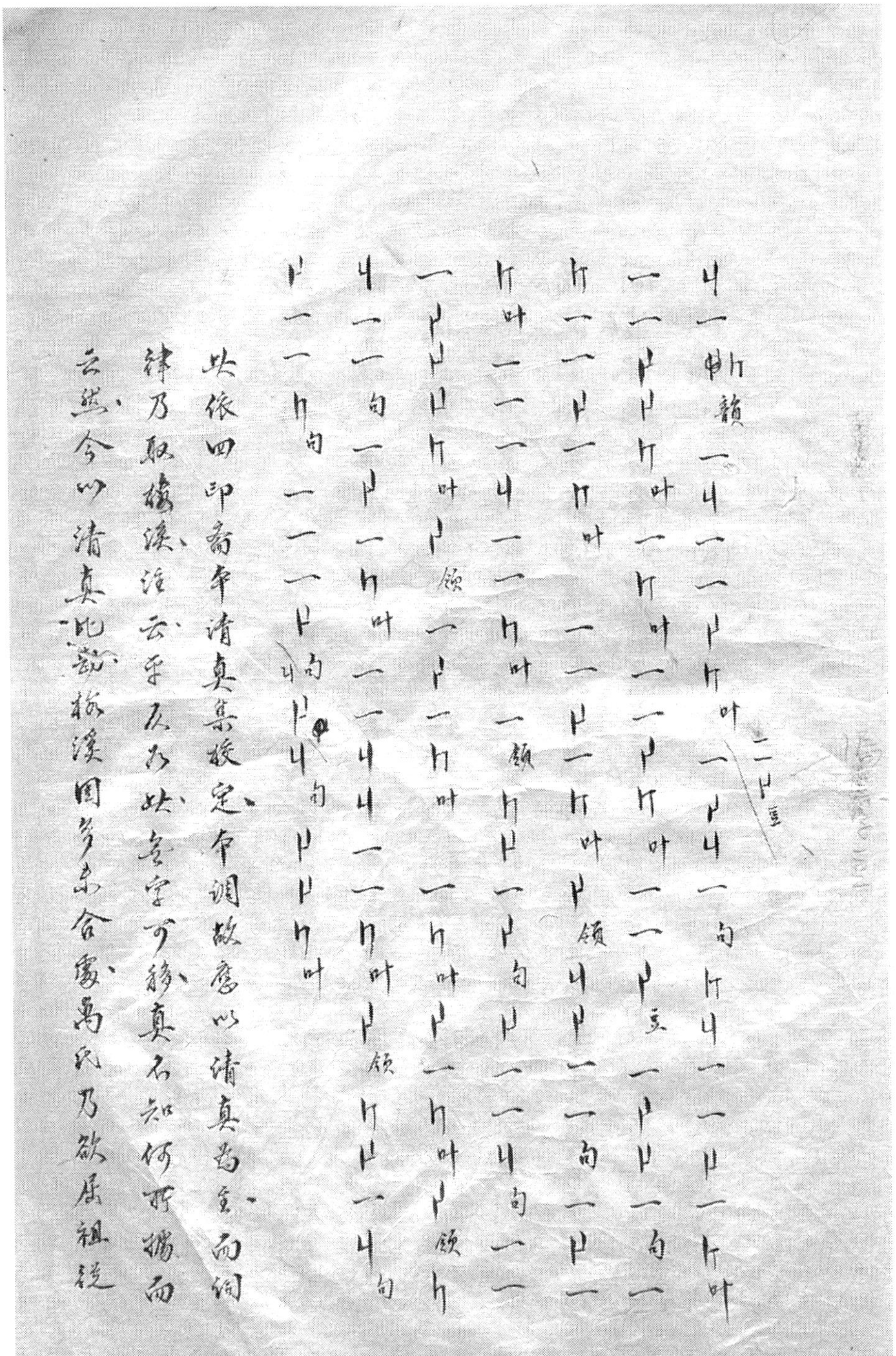
此依四印齋本清真集校定本調故應以清真為重而詞
律乃取梅溪注云平仄不依此旁字可移真不知何所據而
云然今以清真比勘梅溪固多未合處萬氏乃欲屈祖從

漏三字豆

083

孫郎、詞律據以定譜者、既非傳此最早之作、又不足為本調雖範、如此荒謬可笑者甚多、茲特指摘其一二處而已、

清真

柳陰直△煙裏絲絲弄碧△隋堤上、曾見幾番。拂水飄綿送行色△登臨望故國△誰識京華倦客△長亭路、年去歲來。應折柔條過千尺△閒尋舊蹤跡△又酒趁哀弦。燈照離席△梨花榆火催寒食△愁一箭風快。半篙波暖。回頭迢遞便數驛△望人在天北△悽惻△恨堆積△漸別浦縈迴。津堠岑寂△斜陽冉冉春無極△念月榭攜手。露橋聞笛△沉思前事。似夢裏。淚暗滴△

浪淘沙

浪淘沙為唐代民歌、意當出於揚子江上游、與竹枝同類、詩人劉禹錫白居易即喜為之、但皆為七言絕句體、所寫皆聚散悲歡之感、故劉詩、美人首飾侯王印、盡是沙中浪底來、情至激越、頗近怨怒之音、花間集所收皇甫松詞、仍為七言絕句、大約以唐人歌絕句之法歌之、中雜虛聲、以與樂曲相附、至南唐李後主始變為短長句、上下闋句豆平仄全同、且各保留七言二句、則其他字句、為以虛聲逐一添個實字、以求合曲中節拍、其聲情之激壯哀怨、固仍保有唐曲之舊風味也、於此可見詩詞遞嬗之迹、且知入樂之七言絕句、不得不變為長短句詞、蓋由文士深悟樂依曲調而變其形式，則以聲害詞，以詞害意之病，絕不能免。故寧捨棄舊體，而一依曲拍為句也。由李後主以下，倚此曲者，悉依後主為準，亦謂之浪淘沙令。至北宋柳永周邦彥後衍為慢曲，雖亦特寫為兒女離情，而聲調益趨頓挫淒壯，殆所謂因舊曲造新聲也。

此調聲情之激壯，七絕體不具論。其全曲除七言二句外，繫於句之協韻，足以表現情調之緊張。至填詞者，或偏作悲涼，或近於豪壯，則全視選韻之性質如何以為斷。至慢曲清真集屬商調，激越拗怒，其音節頗與蘭陵王相近，協韻忽疏忽緊，旋起旋換，一步逼緊一步，加以全用入聲韻，有裂石之音。凡詞中情緒緊張，則逐句協韻；若隔句或三句一協，則轉入平和。蓋協韻之作用，一以和諧音節，一以調節情感，故韻之疏密，與表情有絕大關係也。若依唐宋諸家名作，約為七絕、平韻令曲、仄韻令曲及慢曲之體，前兩體係但從平仄句豆，慢曲則以清真為主，兼及四聲列式如次。

第一體式　七言絕句

一一｜｜｜一一韻　｜｜一一｜｜一叶　｜｜一一一｜｜句
乂一乂｜｜一一叶

花間集載皇甫松（一）詞二首，皆平起，據以訂式如上。劉禹錫

087

作浪淘沙詞、亦有用平仄起者、全同普通絶句、大抵以絶句之曲、原爲總錄、且須雜以虛声、故於平仄不甚拘泥耳、

第二體式　平韻令曲

╳｜｜一一韻╳｜一一叶╳一╳｜一一叶╳｜╳一一

｜｜句╳｜一一叶╳｜｜一一叶╳｜一一叶╳一╳｜

｜一一叶╳｜╳一一｜｜句╳｜一一叶

上下闋句豆平仄全同、故亦謂之雙調、此曲雖句有長短、依然七絶風度、故平仄可出入處、亦與絶句相同、逢平字多可不拘也、

第三體　仄韻令曲

088

丨一丨丨韻乂二一丨叶乂一乂丨一一丨叶丨一一豆丨丨

丨丨叶丅叶乂丨叶一一丨丨一一丨叶乂一二丨叶乂一

乂丨一一丨叶丨一一豆丨丨丨叶一丨叶乂丨叶

右據詞律所引宋祁詞略加校正訂式如上前後闋除首句外結句前闋多一字其餘句豆平仄全同後人填此曲用仄韻者甚少聊備一格而已

第四體式（慢曲）

ㄐ一卜豆一一卜ㄐ由卜ㄐ一厂韻一厂一一卜ㄐ叶一一卜

ㄐ卜厂叶卜領厂卜一一ㄐ厂叶ㄐ一卜豆厂ㄐ一厂叶卜

領卜ㄐ一一卜一ㄐ由一一卜一厂叶一厂叶卜一卜ㄐ一

ㄇ叶卜領卜ㄐ一一一一卜句ㄐㄐ一卜ㄇ叶一領卜卜一一

句一卜一ㄇ叶卜一卜ㄇ叶一卜一豆一ㄐ一一ㄇ叶一卜

一一一一ㄇ叶一一ㄐ豆卜一卜ㄇ叶卜一ㄐ豆一一一卜ㄇ

叶卜一卜豆ㄇㄐ一一句卜卜ㄇ叶一一ㄐ卜一一ㄇ叶

右依詞律所據清真詞，略加校正，并注四聲句豆如上。萬氏云：「蕩縱恣揚，真千秋絕調。其用去聲字尤不可及。此調中諸去聲字，雖應特別注意，乃能激越高抗之音。至所有四聲並非絕對一字不可變移，試以清真另一首校之，即頗有出入。但清真為深通音律者，而此調內中平仄聲又與尋常句法不同，故一一依清真注出，俾讀者細加玩味。

以知声韻配合之妙、非必死守四声不易一字便謂為協
律也、

第一体　皇甫松

灘頭細草接疎林◎浪悪罾舡半欲沈◎宿鷺眠鷗飛舊浦○去年沙
觜是江心◎

又　前人

蠻歌豆蔻北人愁◎浦雨杉風野艇秋◎浪起鵁鶄眠不得○寒沙細
細入江流◎

第二体　李後主

簾外雨潺潺◎春意闌珊◎羅衾不耐五更寒◎夢裡不知身是客○一

晌貪歡◎獨自莫憑闌◎無限江山◎別时容易見时难◎流水落花
春去也◎天上人间◎

李後主

又

往事只堪哀◎對景难排◎秋風庭院蘚侵階◎一桁珠簾閒不捲◎終
日誰來◎金劍已沈埋◎壯氣蒿萊◎晚涼天淨月華開◎想得玉樓
瑤殿影◎空照秦淮◎

又

六一

把酒祝東風◎且共從容◎垂楊紫陌洛城東◎總是当时携手處◎遊
遍芳叢◎聚散苦匆匆◎此恨無窮◎今年花勝去年紅◎可惜明年
花更好◎知与誰同◎

092

又　　稼軒

身世酒杯中◎萬事皆空◎古來三五個英雄◎雨打風吹何處是◎漢殿秦宮◎夢入少年叢◎歌舞匆匆◎老僧夜半誤鳴鐘◎驚起西窗眠不得◎捲地西風◎

題云山寺夜半聞鐘

又　　竹坨

衰柳白門灣◎潮打城還◎小長干接大長干◎歌板酒旗零落盡◎有漁竿◎秋草六朝寒◎花雨空壇◎更無人處一憑闌◎燕子斜陽來又去◎如此江山◎

題云雨花臺

竹坨此詞聲如裂石，故特錄之。

漏信字

第二疊　　子京

少年不管△流光如箭△因循不覺韶華換△到如今、始惜月滿△花滿△
酒滿△扁舟欲解垂楊岸△尚同歡宴△日斜歌闋將分散△倚蘭橈、
望水遠△天遠△人遠△

第四疊　　清真

晝陰重△霜凋岸草△霧隱城堞△南陌脂車待發△東門帳飲乍闋△正
拂面垂楊堪攬結△掩紅淚、玉手親折△念漢浦離鴻去何許△經時
信音絕△情切△望中地遠天闊△向露冷風清無人處△耿耿寒漏咽△
嗟、萬事難忘△唯是輕別△翠尊未竭△憑斷雲留取西樓殘月△羅帶
光消紋衾疊△連環解、舊香頓歇△怨歌永、瓊壺敲盡缺△恨春去、不

與人期。弄夜色△空餘滿地梨花雪△

現存浪淘沙慢、以柳永樂章集中所有為最早。而字句不免小有奪誤。清真所作二首句豆四聲亦微有出入可供參證、至於音節辭情之美、自當以此詞為準則也。

漁家傲

漁家傲曲。清真集入般涉調、不知其所從來、後世以范希文詞為最早。范詞固悲壯之音也。清真兩首一用上去聲韻。一用入聲韻。雖不作壯語。而音響自然清勁、故以歸於壯音之屬、大致此調、宜抒壯烈之情。或清峭之景。以其聲調緊促也、

此調前後闋句豆平仄全同、句句協韻、表示聲情之迫促、

全闋皆協仄韻。亦有以同部平仄韻換協之體。舉其二體

列式如下。

第一體式

╳|╳一一||韻╳一╳|一一|叶╳|╳一一||叶

一╳|叶╳一╳|一一|叶╳|╳一一||叶╳一╳

|一一|叶╳|╳一一||叶一╳|叶╳一╳|一一|

叶

右式依范文正公詞及清真歐玉兩集校訂。

第二體式

一|一一||一韻╳一╳||一一平叶╳|╳一一||仄換

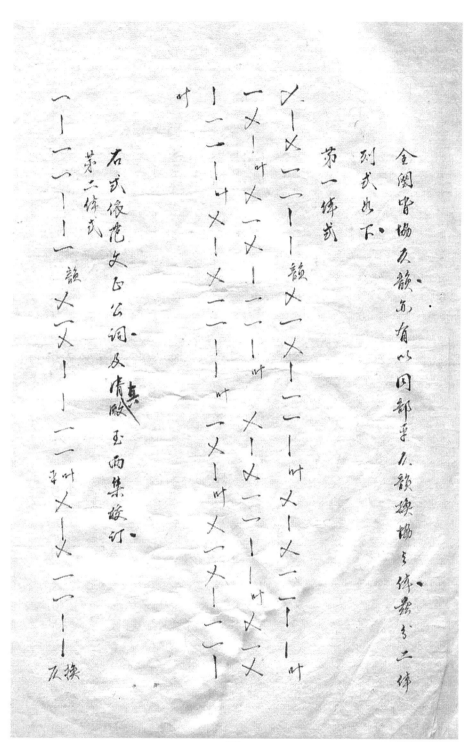

叶一一｜仄叶乂一乂｜一一｜仄叶一｜一一｜｜一平叶乂一
乂｜｜一一平叶乂｜乂一一｜｜仄叶一一｜仄叶乂一乂｜一一
｜仄叶

右式前人所用句豆平仄全同、唯兩協平韻、三協仄韻、萬氏不悟前人本為一曲、填詞者複填一遍、聲律自加比勘、即以、固圖〻對於可平可仄〻處、失律意者甚多、殊可笑也、

第一體　希文

塞上(下)秋來風景異△衡陽雁去無留意△四面邊聲連角起△千嶂裏△
長煙落日孤城閉△　濁酒一杯家萬里△燕然未勒歸無計△羌管
悠〻霜滿地△人不寐△將軍白髮征夫淚△

又

天接雲濤連曉霧星河欲轉千帆舞彷彿夢魂歸帝所聞天語
殷勤問我歸何處我報路長嗟日暮学詩漫有驚人句九萬
里風鵬正舉風休住蓬舟吹取三山去
漱玉

第二体

疎雨纔收淡淨天微雲綻處月嬋娟寒雁一聲人正遠添幽怨
那堪往事思量徧誰道綢繆兩意堅水萍風絮不相緣舞鑑
鸞腸虛寸斷芳容變好將憔悴教伊見
壽域

破陣子

詞律拾遺云：「此調本唐教坊樂，一唱十拍，因以為名。」按唐曲有蘭陵王破陣樂、此殆截取其大曲中之一小節、因創新声、上下闋平仄句豆全同、共為十句、是以一句為一拍也、故又名十拍子、詞律所採、為晏殊珠玉詞、所寫為兒女情、稼軒則純為悲壯之音、以声調推測、稼軒為得其音旨矣、

此調前後闋、各有七言偶句、平仄衝突、遂成激壯之声、結以五言律句、乃轉成悲調、此以稼軒詞推勘、而声情之妙固可知也、

茲取晏辛二家之作、并以上下闋比勘、列式如下、其李後主一闋、平仄稍有出入、以其為傳世最早之作、故並錄之、

填詞家依定式為準可也、

丨丨乂一乂丨句乂一乂丨一一韻乂丨乂一一丨丨句乂丨
一一丨丨一叶乂一一丨一叶丨丨乂一乂丨句乂一乂丨
一一叶乂丨乂一一丨丨句乂丨一一丨丨一叶乂一一丨一
叶

四十年來家國。三千里地山河。鳳閣龍樓連霄漢。玉樹瓊枝作煙蘿。幾曾識干戈。　后主

一旦歸為臣虜。沈腰潘鬢銷磨。最是蒼黃辭廟日。教坊猶奏別離歌。垂淚對宮娥。

珠玉

燕子來時新社。梨花落後清明。池上碧苔三四點。葉底黃鸝一

兩聲◎日長飛絮輕◎　巧笑東鄰女伴采桑徑裏逢迎◎疑怪昨宵
春夢好◎元是今朝鬥草贏◎笑從雙臉生◎

又　　　　　　　　　　　　　　　　稼軒

醉裏挑燈看劍◎夢回吹角連營◎八百里分麾下炙◎五十弦翻塞
外聲◎沙場秋點兵◎馬作的盧飛快◎弓如霹靂弦驚◎了卻君王
天下事◎贏得生前身後名◎可憐白（入作平）髮生◎
題云為陳同甫賦壯詞以寄之

101（完）

倚聲學：二

二　悽婉之音

憶江南

憶江南為唐人雜曲，一名望江南，又名夢江南，碧雞漫志云：「此曲自唐至今，皆南呂宮」，又據唐段安節樂府雜錄，此曲乃李德裕為謝秋娘作，按劉禹錫有和樂天春詞自注，「依憶江南曲拍為句」，此曲為詩人所採用，蓋自劉白始也，此調音節諧婉，由七言絕句略殊，宋人有演為雙調者，其句豆平仄莫不相同，茲將單調及雙調列為二式如下，

第一體式　單調

平仄平可仄句　平仄可仄仄平平韻　仄平可仄平仄可平平仄仄句　平仄可

001

平仄平可仄仄平平叶　平仄可仄仄平平叶

此調兩七言句、以對偶爲準、下雙調亦同、照此方盡奇偶相生之美也

第二体式　雙調

平仄平可仄句　仄平可仄仄平平韻　仄平可仄平可平平仄仄句　平仄可平平仄仄平平叶

平仄平可仄仄平平叶　平仄可仄仄平平叶　平仄平可仄句　仄平可仄仄平平叶

仄平平叶　仄平可仄平可平平仄仄句　平仄可平仄平可仄仄平平叶

平仄可仄仄平平叶

第一体例　　蘭　劉禹錫

春去也。多謝洛城人◎弱柳從風疑舉袂。叢菊裛露似霑巾◎獨坐

002

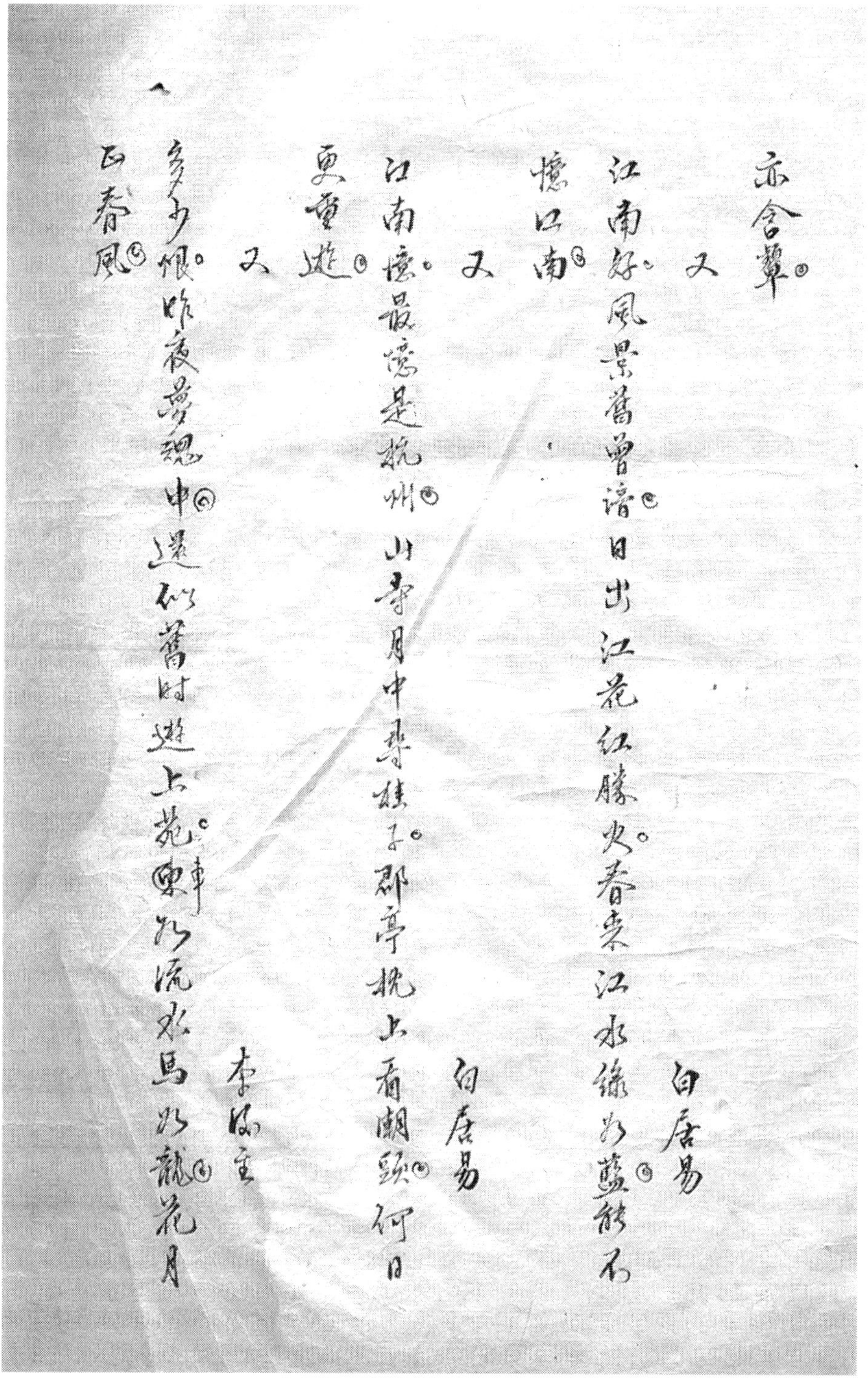
亦含顰◎

又　白居易

江南好。風景舊曾諳◎日出江花紅勝火。春來江水綠如藍◎能不憶江南◎

又　白居易

江南憶。最憶是杭州◎山寺月中尋桂子。郡亭枕上看潮頭◎何日更重遊◎

又　李後主

多少恨。昨夜夢魂中◎還似舊時遊上苑。車如流水馬如龍◎花月正春風◎

003

又　溫庭筠

千萬恨。恨極在天涯◎山月不知心裏事。水風空落眼前花◎搖曳碧雲斜◎

又　溫庭筠

梳洗罷。獨倚望江樓◎過盡千帆皆不是。斜暉脈々水悠々◎腸斷白蘋洲◎

又　皇甫松

蘭燼落。屏上暗紅蕉◎閒夢江南梅熟日。夜船吹笛雨瀟々◎人語驛邊橋◎

又　皇甫松

004

樓上寢。殘月下簾旌◎夢見秣陵惆悵了。桃花柳絮滿江城◎雙髻坐吹笙◎

第二体例　　蘇軾

春未老。風細柳斜斜◎試上超然臺上看。半壕春水一城花◎煙雨暗千家◎寒食後。酒醒卻咨嗟◎休對故人思故國。且將新火試新茶◎詩酒趁年華◎

擣練子

徐釚詞苑叢談云、「李重光深院靜小令詞、名擣練子、即詠擣練也」。按此曲之由來、當出於征婦懷人之作、秋夜擣衣寄遠、不勝悽怨之情、所以聲多悲涼之調也、今傳世之作、

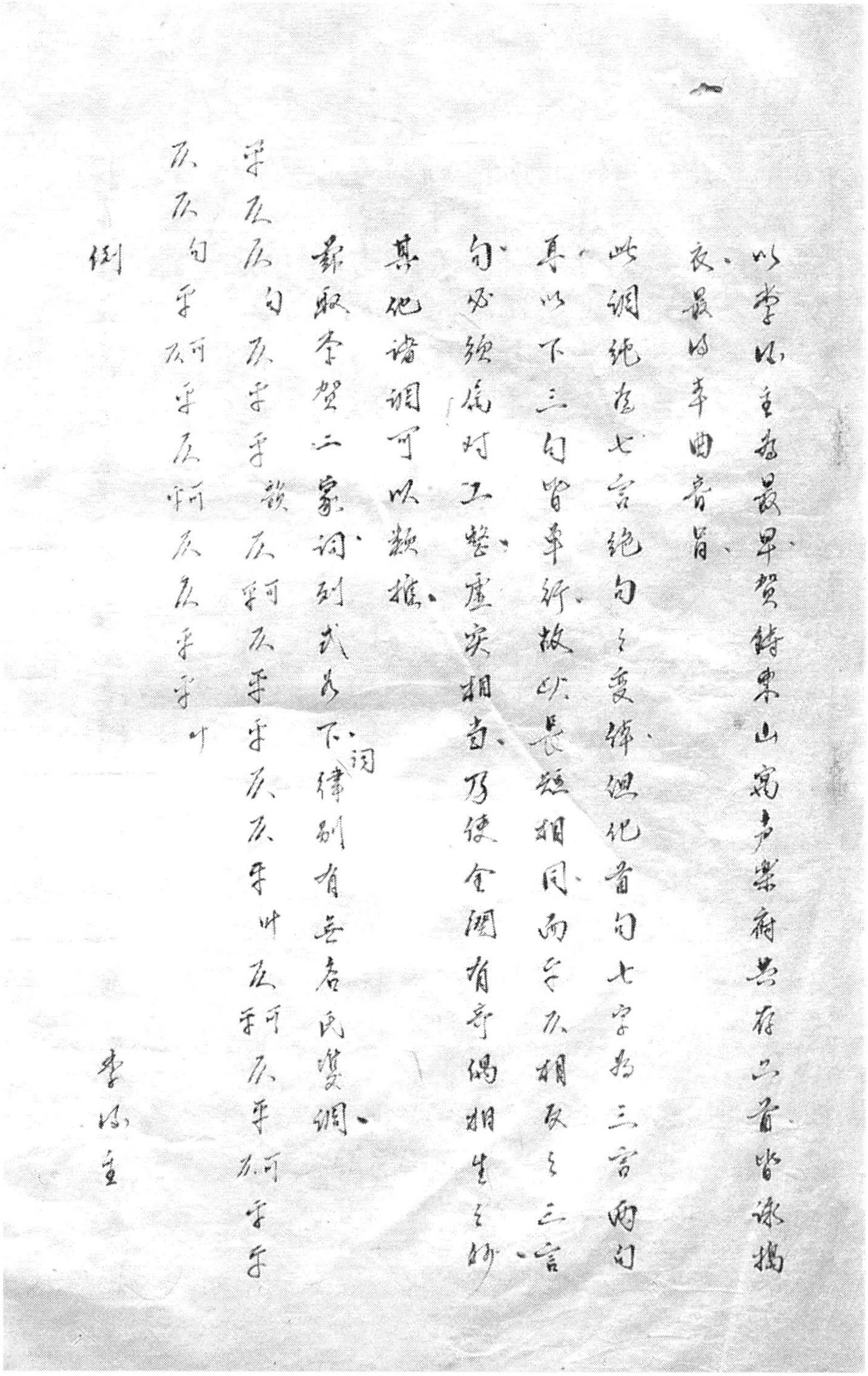

以李後主為最早、賀鑄東山寓声樂府共存二首皆詠搗衣、最得本曲音旨、

此調純為七言絕句之変体、但把首句七字為三言兩句、其以下三句皆平行、故以長短相同、而平仄相反之三言句必須儷対工整、虛实相当、乃使全調有奇偶相生之妙、其他諸調可以類推、

蘇軾李賀二家詞列式為下、詞律別有無名氏雙調、

例

平仄仄句仄平平韻仄可平仄平平仄仄平叶仄可平仄可平平

仄仄平句平仄可平仄平可仄仄平平叶

李[illegible]重

006

深院靜。小庭空◎斷續寒砧斷續風◎無奈夜長人不寐。數聲和月到簾櫳◎

又　賀鑄

砧面瑩。杵聲齊◎搗就征衣淚墨題◎寄到玉關應萬里。戍人猶在玉關西◎

又　賀鑄

斜月下。北風前◎萬杵千砧搗欲穿◎不為搗衣勤不睡。破除今夜夜如年◎

又　賀鑄

邊堠遠。置郵稀◎附與征人襯鐵衣◎連夜不妨頻夢見。過年惟望

007

一 詞書歸◎

江南春

調律、成曰此萊公自度曲、他無作者、今閱此三言五言四偶句、七言兩單句組織而成、亦絶句之變調也、

平仄仄句 仄平平韻 平平平仄仄句 平仄仄平平叶 平平平仄平平仄句 平仄平平平仄平叶

例　寇準

波渺渺。柳依依◎孤村芳草遠。斜日杏花飛◎江南春盡離腸斷。蘋滿汀洲人未歸◎

憶王孫

憶王孫曲、不知其所從來、蓋傷春懷遠者之所爲也、詞林萬選云、元人北曲、一半兒即是此調、截沿舊曲、截出調同全闋皆七言但加三言一句亦七絕之變格也、別有叠調反韻體、

此調句句協韻、於悽婉中見緊迫、所謂情急調苦者也、茲依秦觀及圖譜堂詞、分爲二體列式如下、

第一體式

平平平仄仄平平 韻 仄々平々々仄平 叶 仄仄平平仄々平 叶
仄平平 叶 仄々平々平仄平 叶

第二體式 疊調

平仄平〻〻仄〻韻平仄〻豆仄平〻仄叶仄平〻仄可仄〻平
平句仄〻〻豆平〻仄叶平可〻仄平〻仄叶平仄〻豆仄
平〻仄叶仄平〻仄可仄〻平〻句仄〻〻豆平〻仄叶

前後闋除首句外平仄全同。

第一体例 秦觀

萋萋芳草憶王孫◎柳外樓高空斷魂◎杜宇聲聲不忍聞◎欲黃昏◎雨打梨花深閉門◎

第二体例 周紫芝

梅子生時春漸老△紅滿地、落花誰掃△舊年池館不歸來○又綠盡、今年草△思量千里鄉關道△山共水、幾時得（平 非）到△杜鵑只解愁

010

殘春。也不管人煩惱。

相見歡

相見歡亦名烏夜啼。南朝樂府有烏夜啼曲。爲一婦人傷其夫在獄之作。實甚爲懷婉之音也。此調句句協韻。於悽婉中見迫切。上下闋。除此六字外句式平仄皆同。下闋三言兩句。别協仄韻。蓋是增加情緒之緊促。兩結九字句。上二字一斷。欲其下文下七字倒爲上四下三。雖有作上四下五者。究不及李後主詞之急節也。詞律以六字爲一句。

採取後主詞上闋。比勘列式於下。

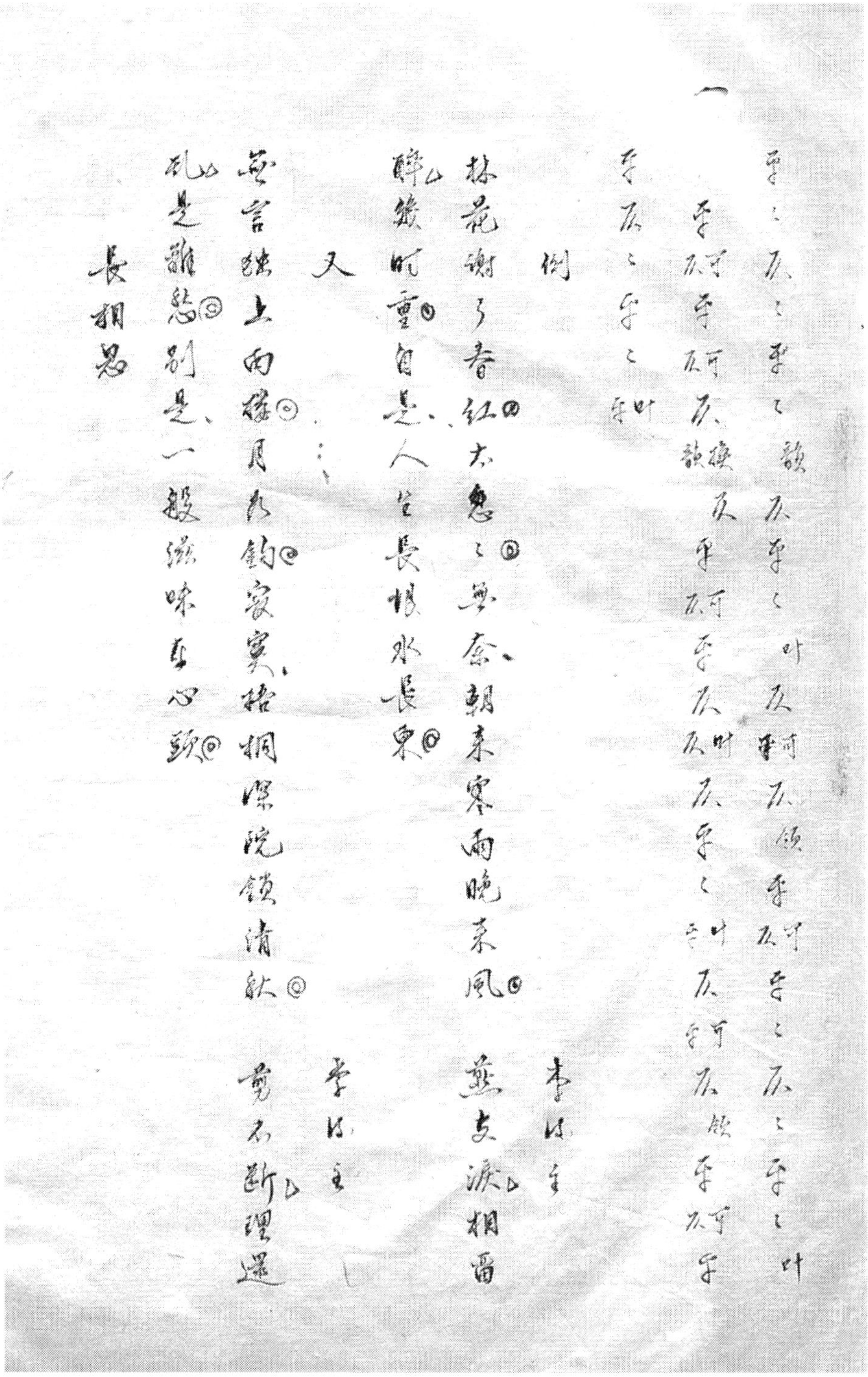

一

平〻仄〻平〻韻　仄平〻叶　仄平可仄頓平仄可平〻仄〻平〻叶

平仄可平仄可仄韻換　仄平仄可平仄仄叶　仄平〻平叶　仄平可仄頓平仄可平

平仄〻平〻平叶

例　　　　　　　李後主

林花謝了春紅◎　太匆〻◎　無奈、朝來寒雨晚來風◎　燕支淚△　相留

醉△　幾時重◎　自是、人生長恨水長東◎

又　　　　　　　李後主

無言獨上西樓◎　月如鈎◎　寂寞、梧桐深院鎖清秋◎　剪不斷△　理還

亂△　是離愁◎　別是、一般滋味在心頭◎

長相思

012

古樂府有長相思曲，李白即曾擬作，但未明定長短句度
耳。依曲拍為句之長相思，以白居易為最早，南唐後主及
馮延巳皆喜為之，遂成定式。音節諧婉，於緊促中，微帶悽
調，其初殆亦出於里巷也。
此調句句協韻，上下闋句豆平仄全同，即雙調曲也。兩頭
三言二句，亦以疊為主，或平仄仄，或仄平平，或仄仄平。
皆可。惟全闋三平者較少耳。
茲依白香諸家詞，比勘列式如下。

一
仄平可仄平可平韻仄平可仄平可平叶平仄可仄平平仄平可仄平叶平仄可
平仄平可仄平叶仄平可平仄可平叶仄平可平仄可平叶仄平可仄平平

013

一

平仄可仄平叶仄平可平々仄可仄平叶

例　白居易

汴水流◎泗水流◎流到瓜州古渡頭◎吳山點々愁◎思悠々◎恨悠々◎恨到歸時方始休◎月明人倚樓◎

又　李後主

雲一緺◎玉一梭◎澹々衫兒薄々羅◎輕顰雙黛螺◎秋風多◎雨相和◎簾外芭蕉三兩窠◎夜長人奈何◎

又　馮延巳

紅滿枝◎綠滿枝◎宿雨厭々睡起遲◎閒庭花影移◎憶歸期◎數歸期◎夢見雖多相見稀◎相逢知幾時◎

醉太平

醉太平曲、不知其所由來，宋賢作者有劉過、戴復古諸人、所寫類為傷春念遠之情，殆亦出於巷曲也、此調每句末協韻、上下闋句互平仄全同、極聲情悽緊之致、上下闋各四句、有三句為尋常句法平仄全異、其起二句之第三字宜用仄聲、且以去聲字為妙、因上二字及下一字皆平、此字必用強烈之去聲字、方能振起也、又兩結皆上一下四、其第一及第四字亦必用仄聲、能選去聲字、尤為盡美、以此處必須強有力之字、音響始高也、詞律則錄仄韻一律、以作者不多、從略、

一

茲取劉戴二家詞、並以上下闋對勘列式如下、

平〻仄平韻平〻仄平叶仄平可平〻仄可仄平〻叶仄歇平〻仄

平叶平〻仄平叶平〻仄平叶仄平可平〻仄可仄平〻叶仄歇

平〻仄平叶

例　　　　　　　　劉過

情高意真◎眉長鬢青◎小樓明月調筝◎寫春風數声◎　思君憶君◎

魂牽夢縈◎翠綃香煖雲屏◎更那堪酒醒◎

又　　　　　　　　戴復古

長亭短亭◎春風酒醒◎無端惹起離情◎有黃鸝數声◎　芙蓉繡裀◎

江山畫屏◎夢中昨夜分明◎悔先行一程◎

昭君怨

昭君怨曲，嘗取義於漢王嬙和番，樂府詩中，原有明妃曲，此後唐宋間，因舊曲而造之新聲，用抒幽怨之情，相沿用爲念遠傷離之作，東坡及万俟雅言並存此調，此調上下闋平仄句式全同，句之協韻，先協仄韻，次換平韻，前後緊促，以轉增婉，而有一唱三歎之音，略如菩薩蠻相近。

茲取蘇軾及万俟雅言詞，并以上下闋比勘列式如下，

平仄可仄平仄可平仄平可仄韻平仄可仄平仄可平、仄叶仄平可仄、平

平韻換平仄平、平叶仄平可仄平仄可平、仄可仄韻換仄仄平可仄、平可

一

平々仄仄叶仄平仄叶仄々平々換韻平仄平々平叶

例　　蘇軾

誰作桓伊三弄△驚破綠窗幽夢△新月與愁煙◎滿江天◎欲去又還不去△明日落花飛絮△飛絮送行舟◎水東流◎

又　　万俟雅言

春到南樓雪盡△驚動燈期花信△小雨一番寒◎倚闌干◎莫把闌干頻倚△一望幾重煙水△何處是京華◎暮雲遮◎

浣溪沙

浣溪沙曲、盛行於晚唐五代間、始亦唐代里巷曲也、上下闋各為七言三句、實亦絶句之變、惟音節諧婉、便取風神、故歷代詩人，恆喜用之，此調上半闋，句句協韻，較七絕聲情稍促，下半闋前二句例用對偶，最稱舒緩，寓有奇偶相生之美，以譜今曲，貴有有餘不盡之致，大抵偏宜悽婉，然作者或用以亮響揚之韻，亦可轉為悲壯之音，雖有平韻仄韻二體，而平韻體為勝，以其音節嘹揚，適用平聲韻也，又有攤破浣溪沙一名山花子，上下闋各多三字一句，轉作曼音，而不失其悽婉，清真集別有浣溪沙慢，則聲響全異矣，茲據唐宋諸名家詞，將今曲中之平韻體、仄韻體、攤破體、及慢調，分別比勘列式於下。

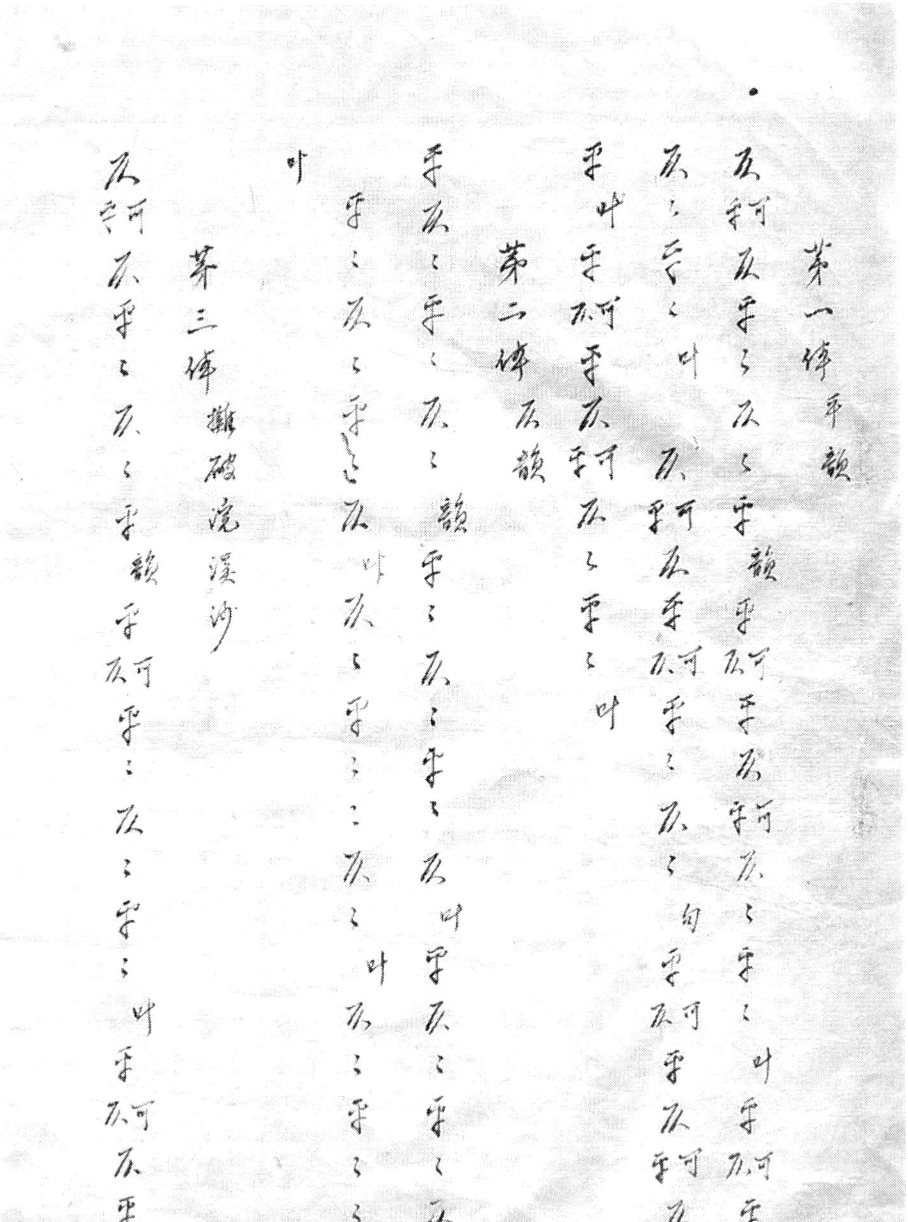

第一体平韻

仄平可仄平、仄、平韻平仄可平仄平可仄、平、叶平仄可平仄平可

仄、平、叶仄平可仄平仄可平、仄、句平仄可平仄平可仄、平

平叶平仄可平仄平可仄、平、叶

第二体仄韻

平仄、平、仄、韻平、仄、平、仄叶平仄、平、仄、叶

平、仄、平、仄叶仄、平、、仄、叶仄、平、、仄、

叶

第三体攤破浣溪沙

仄平可仄平、仄、平韻平仄可平、仄、平、叶平仄可仄平仄可平

020

平仄句仄平々叶　仄(可平)仄平(可仄)平々仄々句　平(可仄)平仄(可平)仄

々平々叶　平(可仄)仄平(可仄)平々仄々句仄平々叶

攤破浣溪沙、以南唐中主二詞為準、其詞一首上闋第三

句末三字、作仄平仄、兼五六兩聲互換、唐人律句多如此、

詞律於五六兩字、並注可平可仄、頗欠分明、故訂定式為

平仄々、兩附說明於此、

第四體（浣溪沙慢）

上入去々入句平上平々上韻上平去入句平上平々上叶平

去々入句入上平々上叶平去平々上叶平去上平々句上平

平豆平々去上叶　上平去叶去々上平々叶去領平々去入

仄平去〻平仄上去平〻去叶上去〻平仄平上〻平去叶入
去平〻上叶平去入平〻仄入平〻豆平〻去上叶
右依清真詞四聲、列着字式、詞律云：「前闋紅杏以下、與後
闋如夢以下同、細按句豆略同、而四聲大有出入、故若邈
字注明。

第一例　　張曙

枕障熏爐隔繡帷◎二年終日苦相思◎杏花明月始應知◎天上
人間何處去。舊歡新夢覺來時◎黃昏微雨畫簾垂◎

又　　韋莊

惆悵夢餘山月斜◎孤燈照壁背紅紗◎小樓高閣謝娘家◎暗想

玉容何所似。一枝春雪凍梅花。滿身香霧簇朝霞。

此詞清士閱以第一句呼起、下二句簇擁相應、儀態萬方、別是一種作法、讀者須加注意。

又　　韋莊

夜夜相思更漏殘。傷心明月凭欄干。想君思我錦衾寒。　咫尺畫堂深似海。憶來唯把舊書看。幾時攜手入長安。

又　　薛昭蘊

握手河橋柳似金。蜂須輕惹百花心。蕙風蘭思寄清琴。　意滿便同春水滿。情深還似酒杯深。楚煙湘月兩沉沉。

又　　顧夐

紅藕香寒翠渚平。月籠虛閣夜蛩清。塞鴻驚夢兩牽情。　寶帳

023

玉爐殘麝冷羅衣金縷暗塵生◎小窗孤燭淚縱橫◎

又　　　　張泌

馬上凝情憶舊遊◎照花淹竹小溪流◎鈿筝羅幕玉搔頭◎早是

出門長帶月。可堪分袂又經秋◎晚風斜日不勝愁◎

又　　　　李後主

轉燭飄蓬一夢歸◎欲尋陳迹悵人非◎天教心願與身違◎待月

池臺空逝水◎蔭花樓閣漫斜暉◎登臨不惜更霑衣◎

又　　　　晏殊

一曲新詞酒一杯◎去年天氣舊池臺◎夕陽西下幾時回◎無可

奈何花落去◎似曾相識燕歸來◎小園香徑獨徘徊◎

024

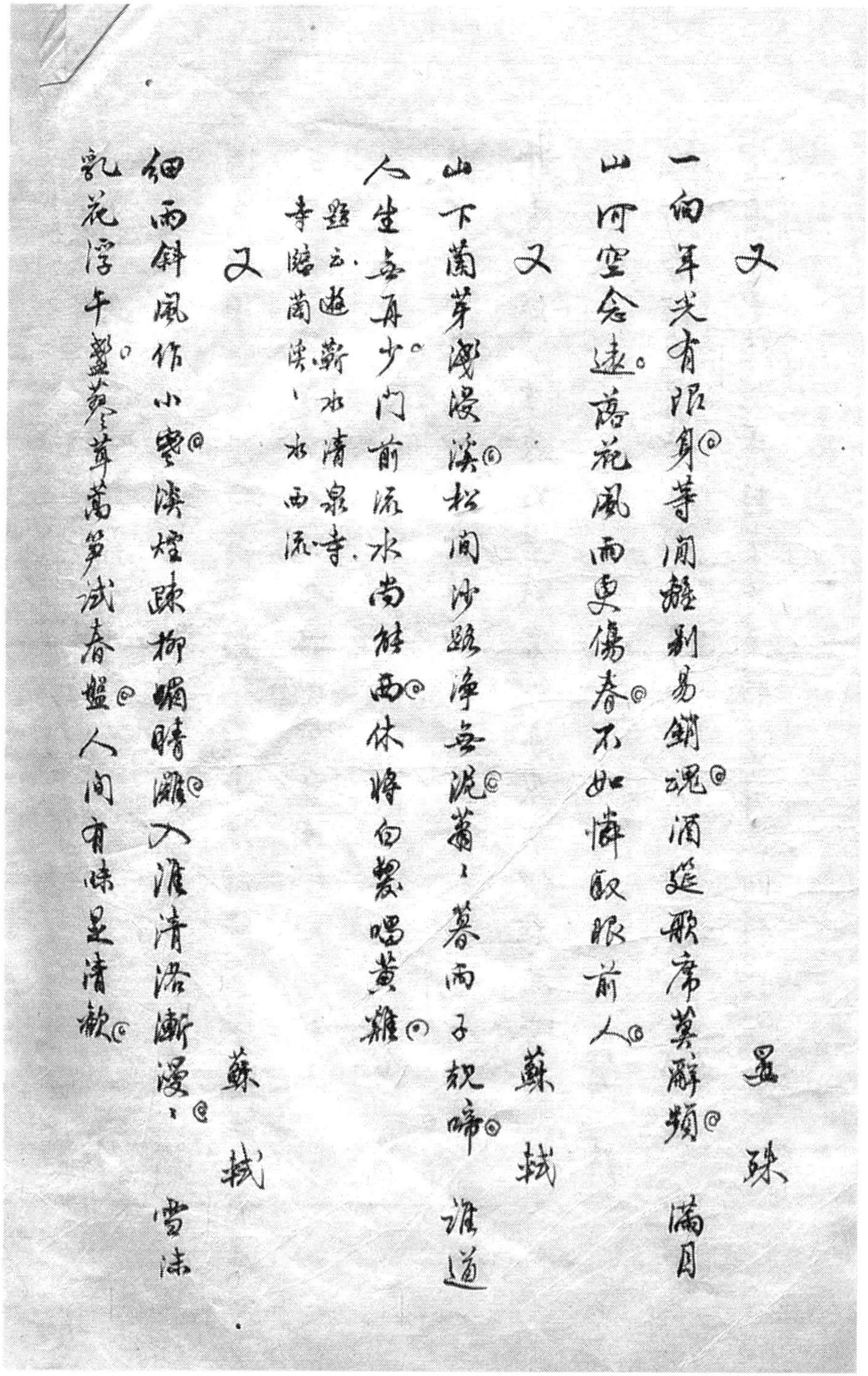

又　　晏殊

一向年光有限身。等閒離別易銷魂。酒筵歌席莫辭頻。滿目
山河空念遠。落花風雨更傷春。不如憐取眼前人。

又　　蘇軾

山下蘭芽短浸溪。松間沙路淨無泥。蕭蕭暮雨子規啼。誰道
人生無再少。門前流水尚能西。休將白髮唱黃雞。

題云：遊蘄水清泉寺。寺臨蘭溪，溪水西流。

又　　蘇軾

細雨斜風作小寒。淡煙疏柳媚晴灘。入淮清洛漸漫漫。雪沫
乳花浮午盞。蓼茸蒿筍試春盤。人間有味是清歡。

025

題云元豐七年十二月二十
四日從泗州劉倩叔遊南山

又　　　　　　　　秦觀

漠漠輕寒上小樓◎曉陰無賴似窮秋◎淡煙流水畫屏幽◎　自在
飛花輕似夢◦無邊絲雨細如愁◎寶簾閒掛小銀鉤◎

又　　　　　　　　賀鑄

樓角紅消一縷霞◎淡黃楊柳帶棲鴉◎玉人和月折梅花◎　笑撚
粉香歸洞戶◦更垂羅幕護窗紗◎東風寒似夜來些◎

又　　　　　　　　賀鑄

煙柳春梢蘸暈黃◎井闌風綽小桃香◎覺時簾幕又斜陽◎　望處
定無千里眼◦斷來能有幾回腸◎少年禁取恁悽涼◎

026

又　賀鑄

鼓動城頭啼暝鴉◎過雲時送雨些些◎嫩涼如水透窗紗◎　弄影

西廂侵戶月分香東畔拂墻花◎此時相望抵天涯◎

又　李清照

髻子傷春慵更梳◎晚風庭院落梅初◎淡雲來往月疏疏◎　玉鴨

熏鑪閒瑞腦◎朱櫻斗帳掩流蘇◎通犀還解辟寒無◎

又　張孝祥

霜日明霄水蘸空◎鳴鞘聲裏繡旗紅◎淡煙衰草有無中◎　萬里

中原烽火北◎一尊濁酒戍樓東◎酒闌揮淚向悲風◎

題云荊州約馬舉先登城樓觀塞

027

又　納蘭性德

腸斷斑騅去未還◎繡屏深鎖鳳簫閒◎一春幽夢有無間◎　逗雨

疎花濃淡改◎關心芳草淺深難◎不成風月轉摧殘◎

又　王士禎

北郭青谿一帶流◎紅橋風物眼中秋◎綠楊城郭是揚州◎　西望

雷塘何處是◎香魂零落使人愁◎淡煙衰草舊迷樓◎

此調名製特多為便

於學習錄清詞二首

第二例　李後主

紅日已高三丈透△金爐次第添香獸△紅錦地衣隨步皺△　佳人

舞點金釵溜△酒惡時拈花蕊嗅△別殿遙聞簫鼓奏△

此爲宮中行樂詞、本調之用仄韻者、傳世甚稀、蓋其音節亦不適於嬌婉也、附列於此、以備一體、

第三體　南唐嗣主

菡萏香銷翠葉殘◎西風愁起綠波間◎還與韶光共憔悴◎不堪看◎細雨夢回雞塞遠。小樓吹徹玉笙寒◎多少淚珠何限恨。倚闌干◎

又　南唐嗣主

手捲真珠上玉鉤◎依前春恨鎖重樓◎風裏落花誰是主。思悠悠◎青鳥不傳雲外信。丁香空結雨中愁◎回首綠波三峽暮。接天流◎

第四例　周邦彥

水竹舊院落。櫻筍新蔬果。嫩英翠幄。紅杏交榴火。心事暗卜。葉底尋雙朵。深夜歸青瑣。燈盡酒醒時。曉牕明、釵橫鬢嚲。怎生那。被間阻時多。奈愁腸數疊。幽恨萬端。好夢還驚破。可怪近來。傳語也無個。莫是瞋人。呵真個若瞋人。卻因何、逢人問我。

卜算子

卜算子當為唐宋間小曲、詞律按此各詞、似扶著賣卜算以為取義於賣卜算命之人、細審聲情、殆思婦懷人之作、卜算者卜歸期也、故為懷想幽怨之音、宋賢填此曲者以蘇軾與李之儀為最著、所寫亦皆懷想之情也、

此調上下闋平仄句豆全同、並以五七言句構成、深婉中

雖七言一句外，截似五言絕句二首，惟每句第二字皆用仄聲，微見拗怒，近似短促之調，而句末一字則平仄聲間用，遞轉諧婉，協韻以上去聲為準，亦取其幽遠宜表哀怨之情也。宋詞家中亦有破結句五字為三言一豆一句者，聲情無甚差別。惟石孝友詞上下闋皆多協一韻，杜安世詞且句句用仄聲收，則轉入緊促矣。全闋一協字之多少，直曲調緩舒時原有伸縮之餘地，以唱時其音可延長或縮短，惟在知音者斟酌用之，不得云之為又一體也。至柳永演為慢詞，則句豆篇幅全異，而仍不失為悽婉之音，故所表皆傷離念遠之情，為慢曲中之意也。

031

若但取姜李石柳諸家之作、比勘其聲韻、分合曲為二體、

附慢調一体列式如下、

第一體

仄(可平)仄〻平〻句仄(可平)仄平〻仄韻仄(可平)仄平〻仄〻平句仄(可平)仄平〻仄叶仄(可平)仄〻平〻句仄(可平)仄平〻仄叶仄(可平)仄平〻仄〻平句仄(可平)仄平〻仄叶

李詞首句第三字作平聲、合並諸家結尾為六字者、三字一豆、三字一句、作仄〻〻平〻仄或平仄〻平〻仄或仄平仄平〻仄皆可、並不另列一式、附注於此、

第二體

仄々平々仄韻仄々平々仄叶仄々平々仄々平句仄々平々

仄叶仄々平々仄叶仄々平々仄叶仄々平々仄々平句仄

仄平々仄叶

第三體（卜算子慢）

平々仄々句平仄々平句仄々々平々仄韻仄々平々句仄々

仄平々仄叶仄平々豆仄平可仄平々仄叶仄々々豆平々仄々

句平々仄々平仄叶仄々平々仄叶去韻仄々平々句仄平

平仄叶仄々平々句仄々々平々可以入代仄叶仄平々豆仄平可仄

平々仄叶仄々々豆平々仄々句去平々々仄叶

此按柳氏樂章集此勘潸之上下闋自第四句以下平仄

033

句逗全同、惟結句微異、則一首上下闋第五句下、多短韻
二言者一句、實與六字句之末二字疊一遍無殊也、

第一例　蘇軾

缺月挂疏桐。漏斷人初靜△時見幽人獨往來。縹緲孤鴻影△
驚起卻回頭。有恨無人省△揀盡寒枝不肯棲。寂寞沙洲冷△

題云寓居黃州定慧院作、

又　李之儀

我住長江頭。君住長江尾△日日思君不見君。共飲長江水△此
水幾時休。此恨何時已△只願君心似我心。定不負相思意△

第二例　石孝友

034

見也如何暮△別也如何遽△別也應難見也難。後會難憑據△去也如何去△住也如何住△住也應難去也難。此際難分付△

第三例　柳永

江楓漸老。汀蕙半凋。滿目敗紅衰翠△楚客登臨。正是暮秋天氣△引疎砧。斷續殘陽裏△對晚景。傷懷念遠。新愁舊恨相繼△脈脈人千里△念、兩處風情。萬重煙水△雨歇天高。望斷翠峰十二△一作 儘無言、誰會憑高意△縱寫得。離腸萬種。奈歸雲誰寄△

巫山一段雲

花間集載巫山一段雲曲。毛文錫一首。李珣二首。皆咏巫山神女事。二氏又皆西蜀作家。則此調必爲蜀中民間歌

四也、

此調平仄和諧、除第三句為七言、兼協韻外、餘均為五言詩句、而以連協三韻、音節轉趨緊迫、遂成悽婉之音耳、

茲依毛李二家詞、並以上下闋比勘列式如下、

仄平可仄平〻仄 句 平〻仄平可仄平 韻 平仄可平仄平可仄〻平〻 叶

仄平可仄〻平〻 叶 仄平可仄平〻仄 句 平〻仄平可仄平 叶 平仄可

平仄平可仄〻平〻 叶 仄平可仄〻平〻 叶

例　　　　李珣

古廟依青嶂◎行宮枕碧流◎水聲山色鎖妝樓◎往事思悠〻◎雲

雨朝還暮◎煙花春復秋◎啼猿何必近孤舟◎行客自多愁◎

菩薩蠻

菩薩蠻一作菩薩鬘、原出外來舞曲、疑當從印度輸入、唐蘇鶚杜陽雜編云「宣宗大中初、女蠻國人入貢、危髻金冠、瓔珞被體、故謂之菩薩蠻、當時倡優遂製菩薩蠻曲、文士往往聲其詞、」崔令欽教坊記載兩院人歌曲名、亦有菩薩蠻曲、孫光憲北夢瑣言云「宣宗好唱菩薩蠻、」崔令欽開元時人、教坊記所述、皆開元時事、是此曲在開元時、業經輸入、故李白即已倚曲填詞、杜陽雜編所云、當係第二次輸入也、曲名當由音律譯而來、故作蠻或鬘、均無不可、此調前後闋、句句協韻、而兩仄兩平、遞換用之、不該情況緊促、懷換平韻，轉為諧婉，而有悠揚詠歎之音，此所以宜寫懷思之情也。唐宋名作至多，最堪研玩。茲取李白、溫庭筠諸家詞，比勘列式如下：

平仄可平仄平可仄平々仄韻平仄可平仄平可仄平々仄叶仄平可仄々

平々韻換平平仄可平仄平可仄平平叶平仄可平々仄々韻換仄仄平可仄

平々仄仄叶仄平可仄々平々平換平仄可平仄平可仄平平叶

溫庭筠填此調共十四首，其前後闋結句幾全作仄平々仄平，音節茂美。

例　　李白

平林漠漠煙如織ㄥ寒山一帶傷心碧ㄥ暝色入高樓◎有人樓上愁◎

玉階空佇立△宿鳥歸飛急△何處是歸程◎長亭更短亭◎

又　温庭筠

小山重疊金明滅△鬢雲欲度香顋雪△懶起畫蛾眉◎弄妝梳洗遲◎

照花前後鏡△花面交相映△新帖繡羅襦◎雙雙金鷓鴣◎

又　温庭筠

玉樓明月長相憶△柳絲裊娜春無力△門外草萋萋◎送君聞馬嘶◎

畫羅金翡翠△香燭銷成淚△花落子規啼◎綠窗殘夢迷◎

又　温庭筠

牡丹花謝鶯聲歇△綠楊滿院中庭月△相憶夢難成◎背窗燈半明◎

翠鈿金壓臉△寂寞△香閨掩△人遠淚闌干◎燕飛春又殘◎

又　溫庭筠

南園滿地堆輕絮△愁聞一霎清明雨△雨後卻斜陽◎杏花零落香◎

無言勻睡臉△枕上屏山掩△時節欲黃昏◎無憀獨倚門◎

又　溫庭筠

滿宮明月梨花白△故人萬里關山隔△金雁一雙飛◎淚痕沾繡衣◎

小園芳草綠△家住越（入作平）溪曲△楊柳色依依◎燕歸君不歸◎

又　韋莊

紅樓別夜堪惆悵△香燈半捲流蘇帳△殘月出門時◎美人和淚辭◎

琵琶金翠羽△絃上黃鶯語△勸我早歸家◎綠窗人似花◎

又　韋莊

人人盡說江南好，遊人只合江南老。春水碧於天，畫船聽雨眠。壚邊人似月，皓腕凝霜雪。未老莫還鄉，還鄉須斷腸。

又　韋莊

如今卻憶江南樂，當時年少春衫薄。騎馬倚斜橋，滿樓紅袖招。翠屏金屈曲，醉入花叢宿。此度見花枝，白頭誓不歸。

又　韋莊

勸君今夜須沈醉，尊前莫話明朝事。珍重主人心，酒深情亦深。須愁春漏短，莫訴金盃滿。遇酒且呵呵，人生能幾何。

又　張先

哀箏一弄湘江曲，聲聲寫盡湘波綠。纖指十三絃，細將心事傳。

當遥秋水慢玉柱斜飛雁彈到斷腸時春山眉黛低

又　辛棄疾

鬱孤臺下清江水中間多少行人淚西北是長安可憐無數山
青山遮不住畢竟東流去江晚正愁余山深聞鷓鴣

題書江西造口壁

畫堂春

畫堂春曲、不知其所由來、料係當時小調、倚作以秦觀為最早、
此調上闋、句句協韻、而平仄諧婉、下闋第一句不協韻、益見錦繡、枝適於懷娘之音、未宜豪壯之筆、趙長卿下闋第

二句多一字、黃庭堅前後結並為五字、實皆襯字、非別成一格也、上下闋除起句外、其餘平仄句豆並同、

茲以秦觀詞上下比勘、列式如下、

仄平〻仄〻平〻韻 仄平可平仄〻平〻叶 仄平〻仄〻平〻叶

仄平可仄平〻叶 仄〻〻平可平仄平可仄句 仄平可平仄〻平〻叶

仄平〻仄〻平〻叶 仄平可仄平〻叶

例　　秦觀

落紅鋪徑水平池◎弄晴小雨霏〻◎杏花憔悴杜鵑啼◎無奈春歸◎

柳外畫樓獨上。憑闌手撚花枝◎放花無語對斜暉◎此恨誰知◎

阮郎歸

阮郎歸又名醉桃源又名碧桃春蓋取義於劉晨阮肇採藥天台山遇仙女事、當南北宋民間流行雜曲也、最難道秦觀所作、最有名於世、此調除下闋三言偶句外、餘皆句句協韻、聲情近乎緊促、而每句第二字悉用平聲、在諧婉中有悽抑之致、所以宜寫哀怨之情也、換頭處七言一句、為三言兩句、其餘句豆平仄上下闋並同、三言句必須對偶、方稱、

茲取晏秦兩家詞比勘列式於下、

平仄可平平仄可仄仄平平韻 平仄可平仄平可仄、平叶 仄平可平平仄可仄

仄平平叶 平平仄仄平可仄平叶 平仄仄句 仄平平叶 平仄可平仄

可平仄平叶仄可平平々可仄仄々平々叶平々仄可平仄平叶

例　晏幾道

天邊金掌露成霜◎雲隨雁字長◎綠杯紅袖趁重陽◎人情似故鄉◎

蘭佩紫。菊簪黃◎殷勤理舊狂◎欲將沉醉換悲涼◎清歌莫斷腸◎

又　秦觀

湘天風雨破寒初◎深沉庭院虛◎麗譙吹徹（罷）小單于◎迢迢清夜徂◎

鄉夢斷。旅魂孤◎崢嶸歲又除◎衡陽猶有雁傳書◎郴陽和雁無◎

溪梅令

此白石道人自度曲、入仙呂調、嘉見梅花有感而作也、

此調上下闋平仄句豆全同、音節諧婉、而句句協韻、極悽

婉中有迫切之音，此蓋令曲，大抵皆七言絕句之變體，特協韻多寡，隨情緒之緩急與變化而較詩律為進步耳。

仄平仄平可仄〻平〻韻 仄平〻叶 仄〻平〻〻仄〻平〻叶 仄平〻仄平叶

仄平〻仄可仄〻平〻叶 仄平〻叶 仄〻平〻〻仄〻平〻叶 仄平〻仄平叶

前後闋兩九字句，詞律皆分於上四下三，實應一氣貫下，故不復注豆字。

例　姜夔

好花不與殢香人◎ 浪粼粼◎ 又恐春風歸去綠成陰◎ 玉鈿何處尋◎

木蘭雙槳夢中雲◎ 小橫陳◎ 謾向孤山山下覓盈盈◎ 翠禽啼一

春◎

題云、丙辰冬、自無錫歸、作此寄意、

朝中措

朝中措曲、不知其所從來、傳世之作、以歐陽脩為最著、此調上下闋以二句相同、声韻諧婉、於悽調中寓蒼壯音、茲擬歐陽脩詞、參以宋諸家作、列式如下、

平仄可平々仄可仄々平々韻平仄可仄々平々叶仄平可仄平仄可平々
仄可仄句仄平可平仄平可仄平々叶平仄可平仄平可仄句平仄可平仄
平可仄句仄平可仄平々叶平仄可仄々平可平々仄可仄句平仄可平仄平可
仄平々叶

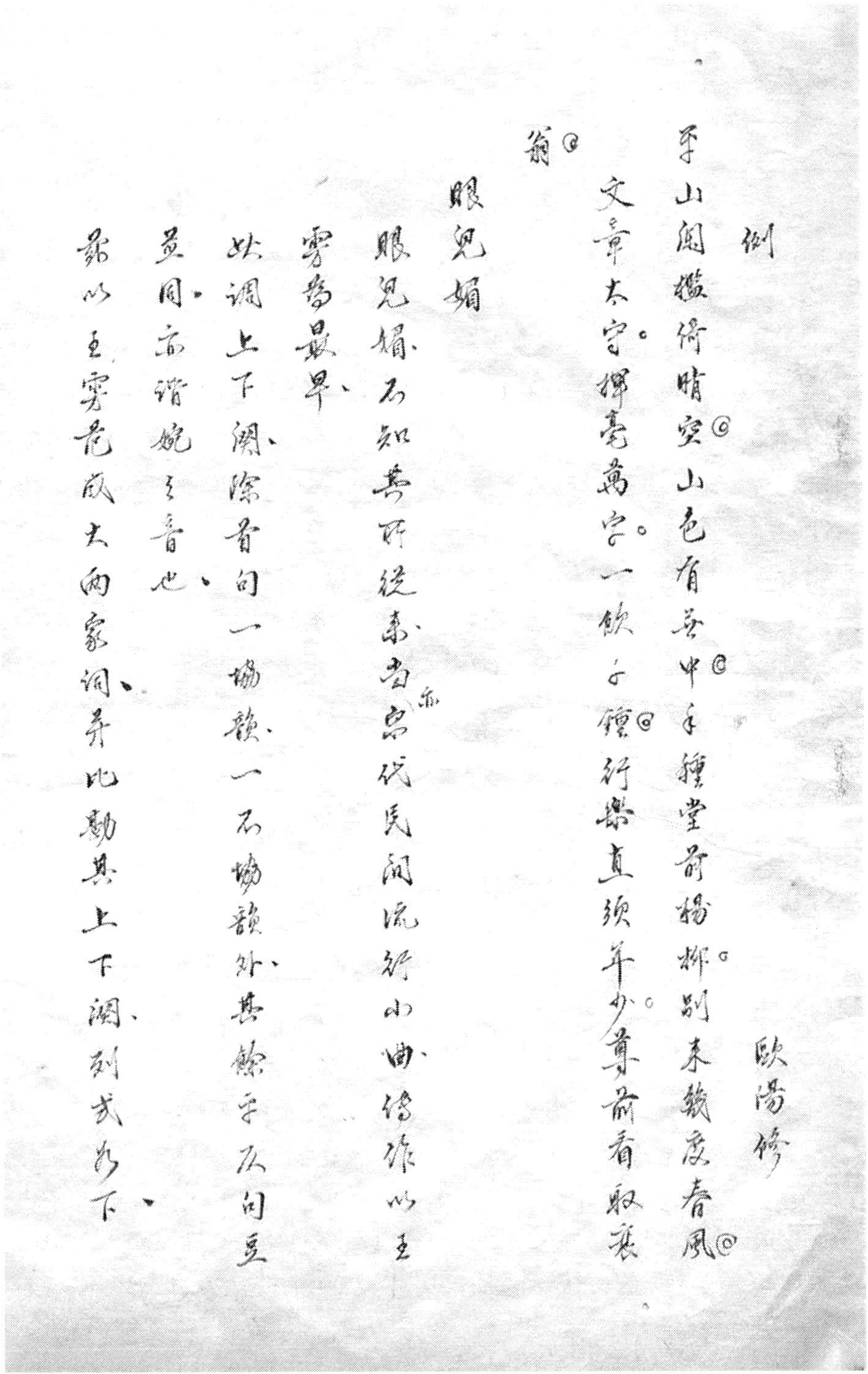

例　　歐陽修

平山闌檻倚晴空◎山色有無中◎手種堂前楊柳。別來幾度春風◎文章太守。揮毫萬字。一飲千鍾◎行樂直須年少。尊前看取衰翁◎

眼兒媚

眼兒媚、不知其所從來、當（而）宋代民間流行小曲、傳誦以王雱為最早、此調上下闋、除首句一協韻、一不協韻外、其餘平仄句豆互同。而諧婉之音也、錄以王雱范成大兩家詞、并比勘其上下闋、列式於下、

048

平〻仄平可仄〻平〻韻平仄可仄〻平〻叶仄平可平〻仄可仄句仄
平可平〻仄可仄句仄〻平〻叶平〻仄平可仄平〻仄句平仄可仄
仄平〻叶平仄可平仄平可仄句平仄可平仄平可仄句仄〻平〻叶
王雱詞首四字、作楊柳絲〻、以下半闋及花詞校之、
或係絲〻楊柳之誤倒、故譜式仍以平〻仄〻為準
倒　　王雱
楊柳絲〻弄輕柔◎煙縷織成愁◎海棠未雨。梨花先雪。一半春休◎
而今往事難重省。歸夢遶秦樓◎相思只在。丁香枝上。豆蔻梢
頭◎
又　　范成大
酣〻日腳紫煙浮◎妍暖試輕裘◎困人天氣。醉人花底。午夢扶頭◎

049

春情恰似春塘水。一片縠紋愁◎。溶溶洩洩。東風無力。欲皺還休◎

柳梢青

柳梢青、當為隋唐舊曲、始作以秦觀為最早、此調聲韻婉、上下闋除首三句、平仄全同、下闋第二句上三下四、下四字、必須平平去平、以此雷同一去聲字、方能振起也、萬氏詞律、對此等處、頗有發明、因附著之、則有入聲韻一體、

茲依詞譜、取秦觀張元幹二詞、分為兩體、列式如下、

第一體式（平韻）

仄〻平〻韻平〻仄〻句仄〻平〻叶仄平可仄平〻句平仄可平

仄平可仄句仄平可仄平〻叶平〻仄〻平〻叶仄〻〻豆平〻

去平叶仄平可仄平〻句平仄可平仄平可仄句仄平可仄平〻叶

第二体式　仄韻

仄平〻仄韻仄平〻仄句平仄可平〻仄叶平仄可仄平〻句仄平可

平仄平可仄句平仄可平〻仄叶平〻仄〻平〻句仄〻〻豆平

平去仄叶平仄可仄平〻句仄平可平〻仄可仄句仄平可平〻仄叶

例某一例

秦觀

岸草平沙◎吳王故苑。柳裊煙斜◎雨後寒輕。風前香細。春在梨花◎

行人一棹天涯◎酒醒處、殘陽亂鴉◎門外秋千。牆頭紅粉。深院

誰家◎

又　陸游

十載江湖。行歌沽酒。不到京華◎。底事翻然。長亭煙草。衰鬢風沙◎。

憑高目斷。天涯◎細雨外、樓臺萬家◎。只恐明朝。一時不見。人共

梅花◎

第二例　張元幹

海山浮碧△。細風絲雨。新愁如織△。慵試春衫。不禁宿酒。天涯寒食△

歸期莫數芳辰。誤幾度、回廊夜色△。入戶飛花。隔簾雙燕。有誰

知得△

題云乙巳二月西湖贈別

按此詞起句不協韻與前定式小異

太常引

太常引當從法曲或大曲中截取為之。詞調中有引、有歌頭、有序、有摘編，大約皆從整套曲中摘取一段，推演單行。張炎詞源曰：「美成諸人又復增演慢曲引近，或移宮換羽，為三犯四犯之曲，按月律為之，其曲遂繁。」太常為掌禮樂之官，則此調或從其中衍出，亦未可知也。稼軒集中共存二首，可推知其音節。高觀國作第二句為六字，多一觀字耳。

此調上闋句句協韻，情緒頗為緊促。下闋起三句始一協韻，稍轉舒徐，故為悽婉之音。而兩結句上三下四，末四字

定用平々去平乃見音節之美

茲取辛詞二首比勘列式如下

仄（可平）平々（可仄）仄々平々 韻 平（可仄）仄々平々 叶 仄（可平）仄々平々 叶、

仄（可平）仄（可平）仄 互 平々去平 叶 平々仄々 句 平々仄々 句 仄（可平）

仄々平々 叶 仄（可平）仄々平々 叶 平（可仄）仄（可平）仄 互 平々去平 叶

例　　　　辛棄疾

一輪秋影轉金波◎飛鏡又重磨◎把酒問姮娥◎被白髮、欺人奈何◎

乘風好去。長安萬里。直下看山河◎斫去桂婆娑◎人道是、清光更多◎

題云建康中秋夜為呂潛叔賦

054

少年游

少年游，當爲宋代教坊雜曲，柳永樂章集所存此調頗多，南北宋諸家填者亦夥，兩句豆常有出入，蓋當時曲調盛行，歌者融化其聲，字數不妨稍有多寡，體式未臻劃一，萬氏詞律竟列十一體之多，不過平仄句豆偶有差異，固同此一曲也，

此調每隔三句或兩句，始一協韻，音節最爲諧婉，清真集共存四首，兩入黃鐘調，一入商調，入黃鐘者上下闋句豆全同，惟起句一協韻，一不協韻而已，並列爲第一體，別取清真入商調者一首，并以白石比勘，列爲第二体，而附注

其異同於後另列東坡第二體

第一體式

平、仄、、、平、韻平仄、平、叶仄、平丿句仄平、仄句
平仄、平、叶平、仄、平、仄句平仄、平、叶仄、平
平句仄平、仄句平仄、平、叶

第二體式

平仄豆平、仄豆仄句平、仄豆平仄句平仄、平、讀仄豆平仄平、
句仄豆平平仄豆平仄句平豆仄、平、叶平、仄豆仄平、仄
句平仄、平、叶仄平豆仄平、句仄豆平平、仄豆仄句仄豆平仄、
平、叶

周姜二家，惟下闋首句七字，一作上三下四，一作上四下三，餘並同

第三體式

仄平〻仄句平〻〻仄句平仄〻平〻韻平〻〻仄句平〻仄

仄句平仄〻平〻叶仄〻〻平〻〻仄句平仄〻平〻叶仄

仄平〻〻〻仄句平〻仄豆仄平〻叶

第一例

周邦彥

南都石黛掃晴山◎衣薄耐朝寒◎一夕東風。海棠花謝。樓上捲簾看◎而今麗日明如洗。南陌暖雕鞍◎舊賞園林。喜無風雨。春鳥報平安◎

毖云荆

如作

又　　周邦彥

朝雲漠漠散輕絲◎樓閣淡春姿◎柳泣花啼。九街泥重。門外燕飛遲◎而今麗日明金屋。春色在桃枝◎不似當時。小樓衝雨。幽恨兩人知◎

又　　柳永

長安古道馬遲遲◎高柳亂蟬嘶◎夕陽鳥外。秋風原上。目斷四天垂◎歸雲一去無蹤跡。何處是前期◎狎興生疏。酒徒蕭索。不似少年時◎

第二式　　周邦彥

并刀如水。吳鹽勝雪。纖手破新橙◎錦幄初溫。獸烟不斷。相對坐

调笙◎低声问。向谁行宿。城上已三更◎馬滑霜濃。不如休去。直是少人行◎

又　　姜夔

双螺未合。双蛾先斂。家在碧雲西◎别母情懷。随郎滋味。桃葉渡江时◎扁舟載了。匆匆去。今夜泊前溪◎楊柳津頭。梨花牆外。心事两人知◎

第三式　　蘇軾

去年相送。餘杭门外。飛雪似楊花◎今年春盡。楊花似雪。猶不見還家◎对酒卷簾邀明月。風露透窗紗◎恰似嫦娥憐双燕。分明照畫梁斜◎

059

西江月

李白詩「只今惟有西江月，曾照吳王宮裡人。」調名當由此來。亦宋代流行令曲也。

此調上下闋句式全同，皆兩協平韻，一協仄韻，平仄韻必須同部，方為合格。結句協仄，音響自振，所以於婉媚中顯帶壯音也。全闋以不換韻平仄互協為主。然宋人亦有下闋換韻者，亦有全協平韻一律，惟遵用者不多。蓋此調音節之美，固有所在也。上下闋六言兩句，並宜對偶。

茲將蘇軾趙以仁詞分作二條列式如下。

第一條，平仄韻互協

仄平可仄平仄可平仄平可仄句平仄可平仄平可仄平々韻平仄可平仄平可

仄々平々叶仄平可仄々平々仄仄叶仄平可仄平仄可平仄平可仄句

平仄可平仄平可仄平々叶平仄可平仄平可仄々平々叶仄平可仄々平

平仄叶

第二体式　平韻

仄々平々々仄可仄句仄平々仄可平（仄）々韻仄平々仄々平々叶仄

仄平々句平仄々平々叶仄々平々仄平可仄句仄平仄平可仄

平々叶仄平々仄々平々叶仄々平々句平仄々平々叶

此格除最末二句外，餘悉與前式相同。平仄出入處，亦可比對得之，不復詳注。

061

第一例　　蘇軾

照野瀰瀰淺浪。橫空曖曖微霄◎。障泥未解玉驄驕◎。我欲醉眠芳
草△。可惜一溪風月。莫教踏碎瓊瑤◎。解鞍欹枕綠楊橋◎。杜宇數
聲春曉◎
題云。春夜行蘄水中。過酒家飲。酒醉。乘月至一溪橋上。解鞍
曲肱少休。及覺已曉。亂山蔥蘢。不謂人世也。書此詞於橋柱
上

又　　蘇軾

三過平山堂下。半生彈指聲中◎。十年不見老仙翁◎。壁上龍蛇飛
動△。欲弔文章太守。仍歌楊柳春風◎。休言萬事轉頭空◎。未轉頭
時皆夢◎

062

又　晏幾道

南苑垂鞭路冷。西樓把袂人稀◎。庭前猶有鬢邊枝◎。且插殘紅自醉△

畫幕涼催燕去。香屏晚放雲歸◎。依前青枕夢回時◎。試問閒愁有幾△

第二例

夜來沙痕依約。雨餘天氣溟濛◎。起行微月偏池東◎。水影浮花。花影動簾櫳◎

量減難追醉白。恨長莫盡題紅◎。雁聲能到畫樓中◎。也要玉（作平）人。知道有秋風◎

木蘭花

木蘭花唐教坊曲金奩入集林鐘商、初爲七言八句仄韻体花間詞人始增減為長短句，韋莊於前闋第三句改七言為三言二句，以闋仍全為七言，惟協韻轉入他部，南北宋諸家全闋七言，並不換韻者有別。宋人始創減字木蘭花，前後闋各為四言兩句，七言兩句，相間用之，全闋四換韻，每兩平兩仄互換，音節轉為舒徐諧婉矣，張先詞入林鐘商，柳永樂章集則入仙呂調，又有偷声木蘭花，前後闋除第三句減作四言外，餘並七言，其平仄四換韻，句減字体長錄也，柳永演為慢詞，則繁音促節，最宜哀怨之情矣。茲將木蘭花令為本体，次以減字木蘭花，偷声木蘭花，木蘭花慢，共為四体，分列譜式如下。

064

一

第一律式　木蘭花令

平仄可平仄平可仄平々仄　韻　仄平可仄平仄可平々仄々叶　平仄可平仄

可平仄々平々句　仄平可仄平仄可平々仄々叶　平仄可平仄平可仄平

平仄　叶　仄平可仄平仄可平々仄々叶　平仄可平仄平可仄々平々句　仄

可平仄平仄可平々仄々　叶

此據北宋諸家詞、前後闋比勘、列式於上、以全協仄韻句法一律、音節近於清勁、未甚適於淒婉之情、因而有減字偷聲、繼乃變效慢曲、而以此令曲為託始、故首列焉、

第二律式、減字木蘭花

平仄可平仄平可仄　韻　仄平可仄平仄可平々仄々　叶　仄平可仄平々　換　平仄

平可仄平々仄平々平叶　平仄可平仄平可仄仄三換　仄平可仄平仄可平々

仄々仄叶三　仄平可仄平　平四換　仄平可仄平々仄々平　平叶四

第三律式　倚声木蘭花

平々仄平可仄平々仄　韻　仄平可仄平仄可平々仄々叶　仄々平々平換

仄々平仄可平仄平可仄平平叶　平々仄平可仄平々仄仄三換　仄平可仄

平平仄可平々仄々仄叶三　仄々平々平四換　仄々平仄可平仄平可仄平平叶

右依張先詞上下闋比勘、定為譜式、宋人作者亦不多也、

第四律式　木蘭花慢

仄領　平々仄々句　仄平仄句　仄平々韻　仄領　仄々平々句　平々

仄々句　仄平可仄平々叶　平々叶　仄平仄々句　仄領　平々仄々々

066

平〻叶仄（可平）仄平〻仄〻句平（可仄）平仄〻平〻叶平〻叶仄

仄〻平〻叶仄〻〻平〻叶仄韻仄平仄〻句平〻仄〻句仄

（可平）仄平〻叶平〻叶仄平仄〻句仄領平〻仄〻〻平〻叶仄

（可平）仄平〻仄〻句平（可仄）平仄〻平〻叶

右式依柳永詞校定，音節和婉，最存古格。首句以一字領四字，上下闋二言短韻，以下句法平仄全同，全闋用二言短韻者三處，尤見聲情之美。柳詞自寫歡娛之境，宋賢多作懷婉之音，而有首句作上二下三，並不協短韻者，究不若此式之美聽也。

第一例（木蘭花）　錢惟演

城上風光鶯語亂。城下煙波春拍岸。綠楊芳草幾時休。淚眼愁腸先已斷。情懷漸覺成衰晚。鸞鏡朱顏驚暗換。昔年多病厭芳尊。今日芳尊惟恐淺。

又　晏殊

池塘水綠風微暖。記得玉真初見面。重頭歌韻響錚琮。入破舞腰紅亂旋。玉鉤闌下香階畔。醉後不知斜日晚。當時共我賞花人。點檢如今無一半。

又　宋祁

東城漸覺風光好。縠皺波紋迎客棹。綠楊煙外曉雲輕。紅杏枝頭春意鬧。浮生長恨歡娛少。肯愛千金輕一笑。為君持酒勸

斜陽且向花間留晚照△

又　晏幾道

東風又作無情計△艷粉嬌紅吹滿地△碧樓簾影不遮愁○還似去年今日意△誰知錯管春殘事△到處登臨曾費淚△此時金盞直須深○看盡落花能幾醉△

又　毛滂

長安回首空雲霧△春夢覺來無覓處△冷煙寒雨又黃昏○數盡一堤楊柳樹△楚山照眼青無數△淮口潮生催曉渡△西風吹面立蒼茫○欲寄此情無雁去△

題云時
貽作、

069

又　霞仙

春風正在園西畔，薺菜花繁胡蝶亂，冰池晴綠照還空，香徑落紅吹已斷。意長翻恨游絲短，盡日相思羅帶緩，寶奩如月不欺人，明日歸來君試看。

又　劉克莊

年年躍馬長安市，客舍似家家似寄，青錢換酒日無何，紅燭呼盧宵不寐。易挑錦婦機中字，難得玉人心下事，男兒西北有神州，莫滴水西橋畔淚。

題云戲
林推、

又　李清照

天工肯放瓊瑤碎△探著南枝開遍未△不知蘊藉幾多時◦但見包藏無限意△道人憔悴春窗底△悶損闌干愁不倚△要來小看便來休◦未必明朝風不起△

第二例（藏字木商花）　蘇軾

春庭月午△搖蕩香醪光欲舞△步轉回廊◎半落梅花婉娩香◎輕煙薄霧△總是少年行樂處△不似秋光◎只與離人照斷腸◎

題云二月十五夜与趙德麟小酌聚星堂

又　秦觀

天涯舊恨△獨自淒涼人不問△欲見回腸◎斷盡金爐小篆香◎黛蛾長斂△任是春風吹不轉△困倚危樓◎過盡飛鴻字字愁◎

第三例　倚声木蘭花　　張先

雲籠瓊苑梅花瘦△外院重扉聯寶獸△海月新生◎上得高樓沒奈
情◎簾波不動銀缸小△今夜夜長爭得曉△欲夢荒唐◎被恐覺來
添斷腸◎

第四例　木蘭花慢　　柳永

拆、桐花爛熳。乍疏雨。洗清明◎正、豔杏燒林。緗桃繡野。芳景如屏◎
傾城◎盡尋勝去。驟、雕鞍紺幰出郊坰◎風暖繁絃脆管。萬家競奏
新声◎盈盈◎鬥草踏青人◎豔冶遞逢迎◎向路旁往往。遺簪墮珥。
珠翠縱橫◎歡情◎對佳麗地。任、金罍罄竭玉山傾◎拚卻明朝永日。
畫堂一枕春醒◎

072

又　辛棄疾

老來情味減。對別酒。怯流年。況屈指中秋。十分好月。不照人圓。無情水都不管。共西風只管送歸船。秋晚蓴鱸江上。夜深兒女鐙前。征衫便好去朝天。玉殿正思賢。想夜半承明。留教視草。卻遣籌邊。長安故人問我。道愁腸殢酒只依然。目斷秋霄落雁。醉來時響空弦。

題云滁州送范倅

此詞首句作上二下三，第七句之法亦不合，下闋第三句作仄仄仄平平，亦與正格異，不從東坡經韻也。

又　吳文英

紫騮嘶凍草。曉雲鎖。岫眉顰。正蕙雪初消。松腰玉瘦。憔悴真真。

一、

桂叢斷穿冷碧。亦荒苔猶認瘞花痕◎千古思迷舊根。半卸殘日

孤雲◎綢尋◎重弔吳蹤◎嵐翠冷。浣微醺◎河、幾曾夜宿。月明起看。

劍水星紋◎登臨總成去客。更賴紅先有探芳人◎回首滄波故苑。

落梅煙雨黃昏◎

題云、陪倉暮明綠郎、時現黃齋已

被覩擅、隨夢、窗李方廣、皆村缺滿、

此詞換頭處、自定格、微異、宗詞乃此數小

出入甚多、但附說明、不必指為另一體也。

又　　蔣春霖

泊、秦淮雨霽。又鐙火。送歸船◎正樹擁雲昏。星垂野闊。暝色浮天◎

蘆邊◎夜潮驟起。暈波心月影。蕩江圓◎夢醒誰歌楚些。泠泠霜激

哀弦◎娟娟不語對秋眠◎往事恨難捐◎看、莽莽南徐、蒼蒼北固。

074

如此山川◎，鈎連◎更無鐵鎖。任排空檣艣自回旋◎，寂寞魚龍睡穩。
傷心付與秋煙◎。

題云江行晚
過北固山
臨江仙

臨江仙，唐教坊曲，張先詞入高平調，柳永樂章集入仙呂調，黃昇絕妙詞選，唐詞多緣題，所賦臨江仙之言水仙、花間集錄張泌、毛文錫詞各一首、牛希濟詞七首、顧夐詞三首、孫光憲、鹿虔扆、閻選、尹鶚、毛熙震、李珣詞各二首，所詠多為女姻妃之事，則其始殆出於江湘間祠神曲也，因所詠皆女神，多幽怨之思，後乃轉為念遠傷離之懷調，茲竟作

一、

戲既興亡之語、本曲原為悽婉之音也、全曲音節諧婉、字句排列、亦極平偶媚生之妙、故作者特多云、此曲流行於西蜀南唐、何意當时歌譜、知音者靡不諳習、故句豆出入亦最多、至北宋初、始漸成定格、調猶列十四体、宋元人遵用者不過三体、茲并柳永一体、收為四種譜式、以為學者練習之資、固不必貪多務博、轉令目迷神眩也、

此調前後闋、除柳永一体外、平仄句豆全同、惟首句五代詞有協韻者、又兩起句亦有平仄不同者、茲但於譜例时附以說明、不更列為一体、

076

第一体式

仄平可仄平仄可平々仄々句仄平可平々仄可仄平々韻仄平可平々仄可

仄々平々叶仄平可平々仄可仄句仄平可仄々平々叶仄平可仄平

仄可平々仄々句仄平可平々仄可仄平々叶仄平可平々仄可仄々平々

叶仄平可平々仄可仄句仄平可仄々平々叶

右式依康處辰歐陽修二詞、並以前後闋比勘核定、其字

句長短相同、而首句即協韻者、則作仄々平々仄々平、又

前後闋起句、或作仄平々仄平々仄、綜以上列一式最為

標準。

第二体式

第三體式首兩句：仄（平可）仄平（仄可）平平（仄可）平仄句，平（仄可）平仄（平可）仄平平韻

仄平可仄平仄可平〻仄句仄平可平〻仄平〻韻仄平可平〻仄〻平
〻叶仄平可仄平仄可平〻仄句仄平可平〻仄平〻叶仄平可平〻
仄〻平〻叶仄平可平〻仄〻句平仄可仄〻平〻叶
右式依徐昌圖晏幾道二家詞勘定、前後闋平仄句並全
同。

第三體式

仄平可仄平仄可平〻仄句平仄可平仄平可平〻韻平仄可平仄平可仄〻
平〻叶平仄可平〻仄〻句仄平可仄〻平〻叶仄平可仄平仄可平
〻仄〻句平仄可平仄平可仄平〻叶平仄可平仄平可仄〻平〻叶平
仄可平〻仄〻句仄平可仄〻平〻叶

078

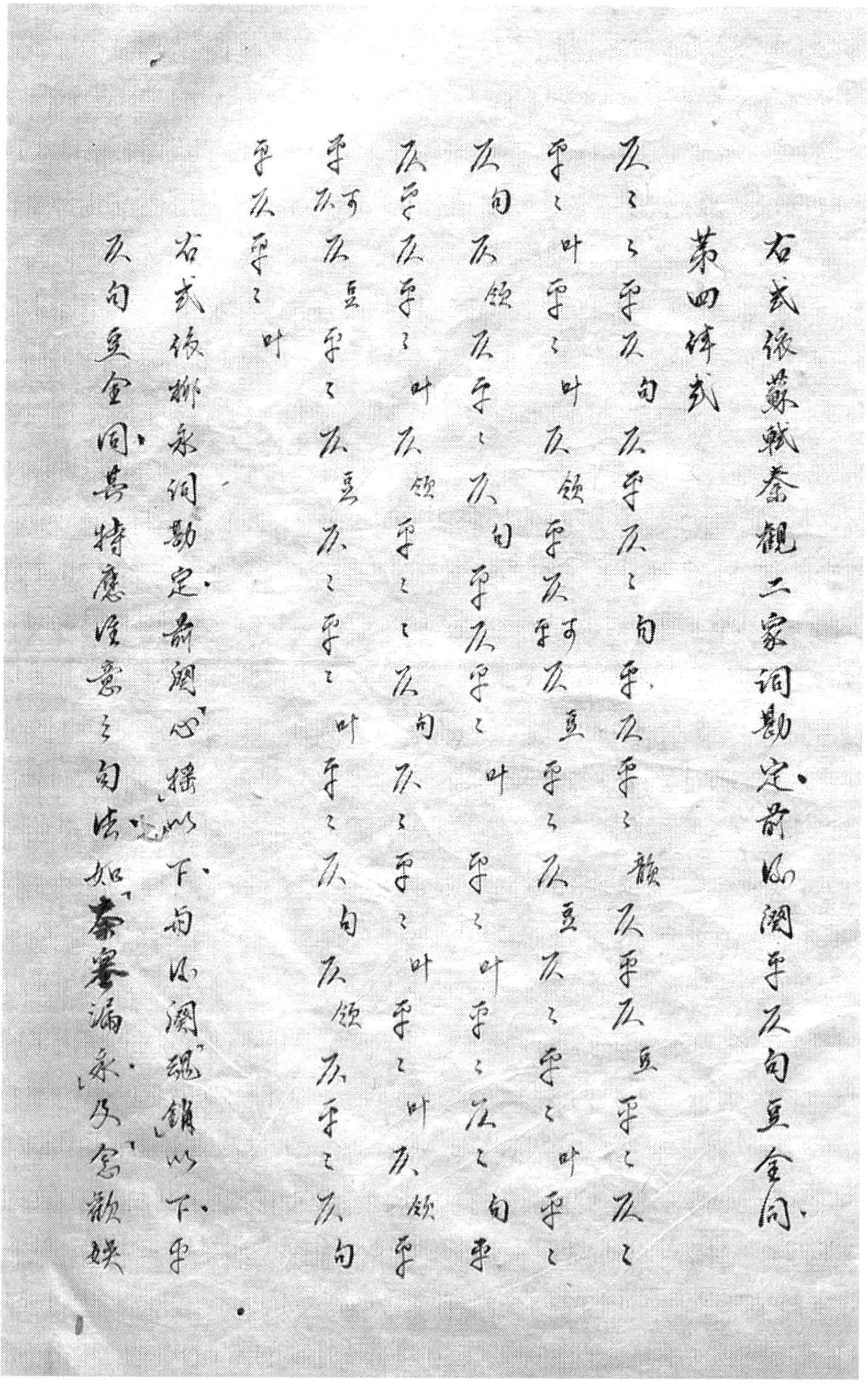

右式依蘇軾秦觀二家詞勘定。前后闋平仄句豆全同。

第四體式

仄〻〻平仄句仄平仄〻句平仄平〻韻仄平仄豆平〻仄〻平〻叶平〻叶仄領平仄平可仄豆平〻仄豆仄〻平〻叶平〻仄句仄領仄平〻仄句平仄平〻叶平〻叶平〻仄〻句平仄平仄平〻叶仄領平〻〻仄句仄〻平〻叶平〻叶仄領平平可仄仄豆平〻仄豆仄〻平〻叶平〻仄句仄領仄平〻仄句平仄平〻叶

右式依柳永詞勘定。前闋「心搖」以下，與后闋「魂銷」以下，平仄句豆全同。其特應注意之句法，如「秦塞漏永」及「忽歡娛

079

、凡奈字念字、皆領下三言二句、四言一句、又別有三領字、皆以一字領下四言二句、必須遵守方合、

第一例　　鹿虔扆

金鎖重門荒苑靜。綺窗愁對秋空◎翠華一去寂無蹤◎玉樓歌吹。聲斷已隨風◎、煙月不知人事改。夜闌還照深宮◎藕花相向野塘中◎暗傷亡國。清露泣香紅◎

又　　張泌

煙收湘渚秋江靜。蕉花露泣愁紅◎五雲雙鶴去無蹤◎幾回魂斷。凝望向長空◎翠竹暗留珠淚怨。閑調寶瑟波中◎花鬟月鬢綠雲重◎古祠深殿。香冷雨和風◎

此詞前闋起句、作平平仄仄平平仄、自定格異、詞意則添稍居也、

又　　　毛文錫

暮蟬聲盡落斜陽◎銀蟾影挂瀟湘◎黃陵廟側水茫茫◎楚山紅樹、煙雨隔高唐◎

岸泊漁燈風颭碎。白蘋遠散濃香◎靈娥鼓瑟韻清商◎朱絃悽切。雲散碧天長◎

此詞起句作仄平平仄平平、并即用韻、自定格異、所詠因臨江仙女也、

又　　　牛希濟

江繞黃陵春廟閑◎嬌鶯獨語關關◎滿庭重疊綠苔斑◎陰雲無事。四散自歸山◎

簫鼓聲稀香燼冷。月娥斂盡彎環◎風流皆道勝人間◎須知狂客。判死為紅顏◎

081

此詞除起句用韻、猶見近於外、餘並同、

又　馮延巳

冷紅飄起桃花片。青春意緒闌珊◎高樓簾幕卷輕寒◎酒餘人散。
獨自倚闌干◎
夕陽千里遲芳草。風光愁殺王孫◎徘徊飛盡碧
天雲◎鳳城何處。明月照黃昏◎

此詞前後起句、並作仄平平仄平平仄、又以闌換韻與定格大異、

又　柳永

鳴珂碎撼都門曉。旌旗擁下天人◎馬搖金轡破香塵◎壺漿盈路。
歡動帝城春◎揚州曾是追遊地。酒臺花徑仍存◎鳳簫依舊月
中聞◎荊王雲散。應認嶺頭雲◎

082

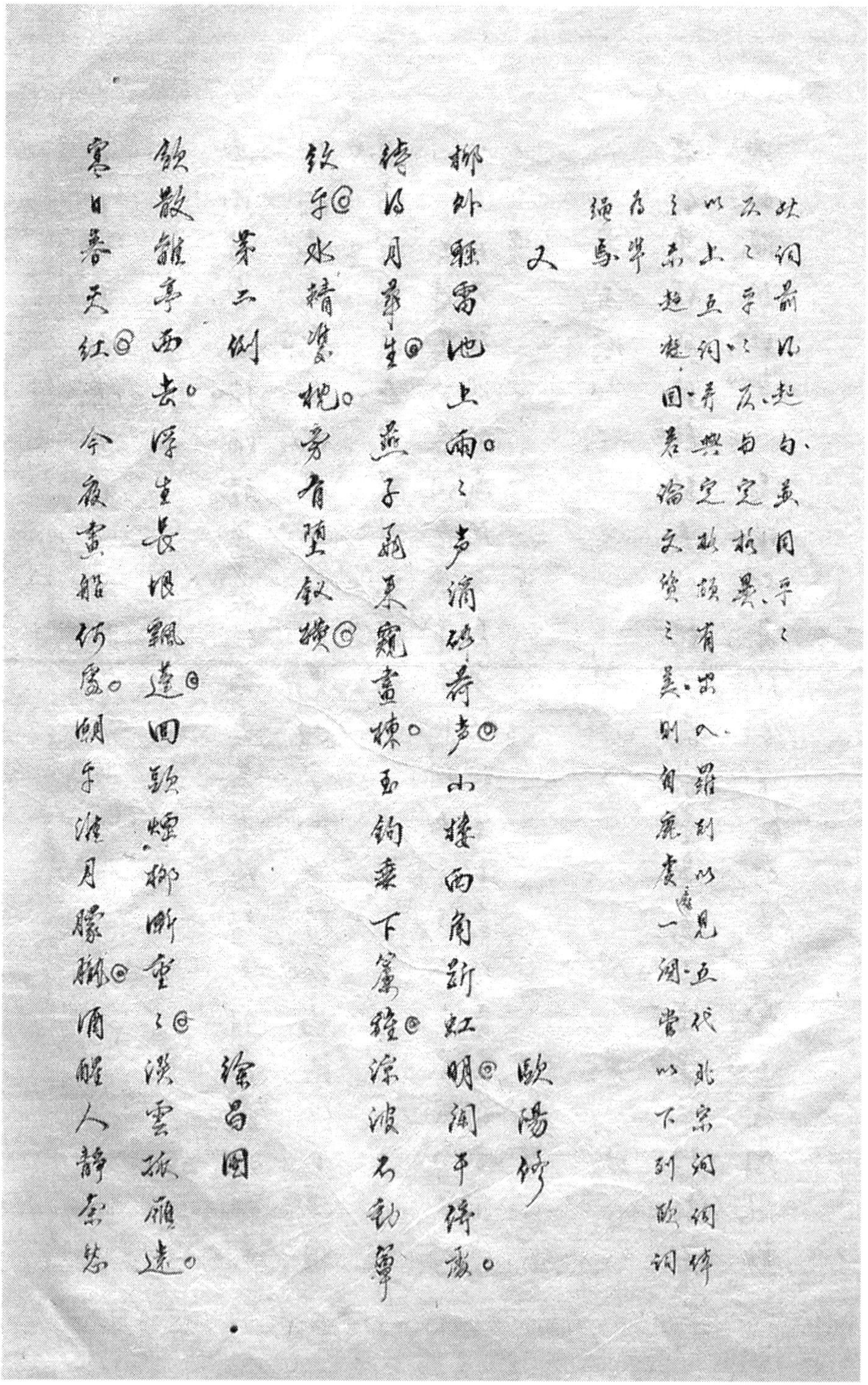

此詞前兩起句、並同平平仄仄平平仄、句定於異、以上五詞、皆與定格頗有出入、羅列以見五代北宋詞調律之未趨嚴固、若論文質之美、則自鹿虔扆一調、當以下列歐詞爲卓絕焉、

又　　歐陽修

柳外輕雷池上雨。雨聲滴碎荷聲◎小樓西角斷虹明◎闌干倚處。待得月華生◎燕子飛來窺畫棟。玉鉤垂下簾旌◎涼波不動簟紋平◎水精雙枕。旁有墮釵橫◎

第二例　　徐昌圖

飲散離亭西去。浮生長恨飄蓬◎回頭煙柳漸重重◎淡雲孤雁遠。寒日暮天紅◎今夜畫船何處。潮平淮月朦朧◎酒醒人靜奈愁

083

漾◎殘燈孤枕夢。輕浪五更風◎

又　　晏幾道

夢後樓臺高鎖。酒醒簾幕低垂◎去年春恨卻來時◎落花人獨立。微雨燕雙飛◎記得小蘋初見。兩重心字羅衣◎琵琶絃上說相思◎當時明月在。曾照彩雲歸◎

此律宜以每個為單、前後闋五言及六言偶句、或對或不對、偶對其間、方見奇偶相生之美。此等處作者宜細審之

第三例　　蘇軾

夜飲東坡醒復醉。歸來彷彿三更◎家童鼻息已雷鳴◎敲門都不應。倚杖聽江聲◎長恨此身非我有。何時忘卻營營◎夜闌風靜

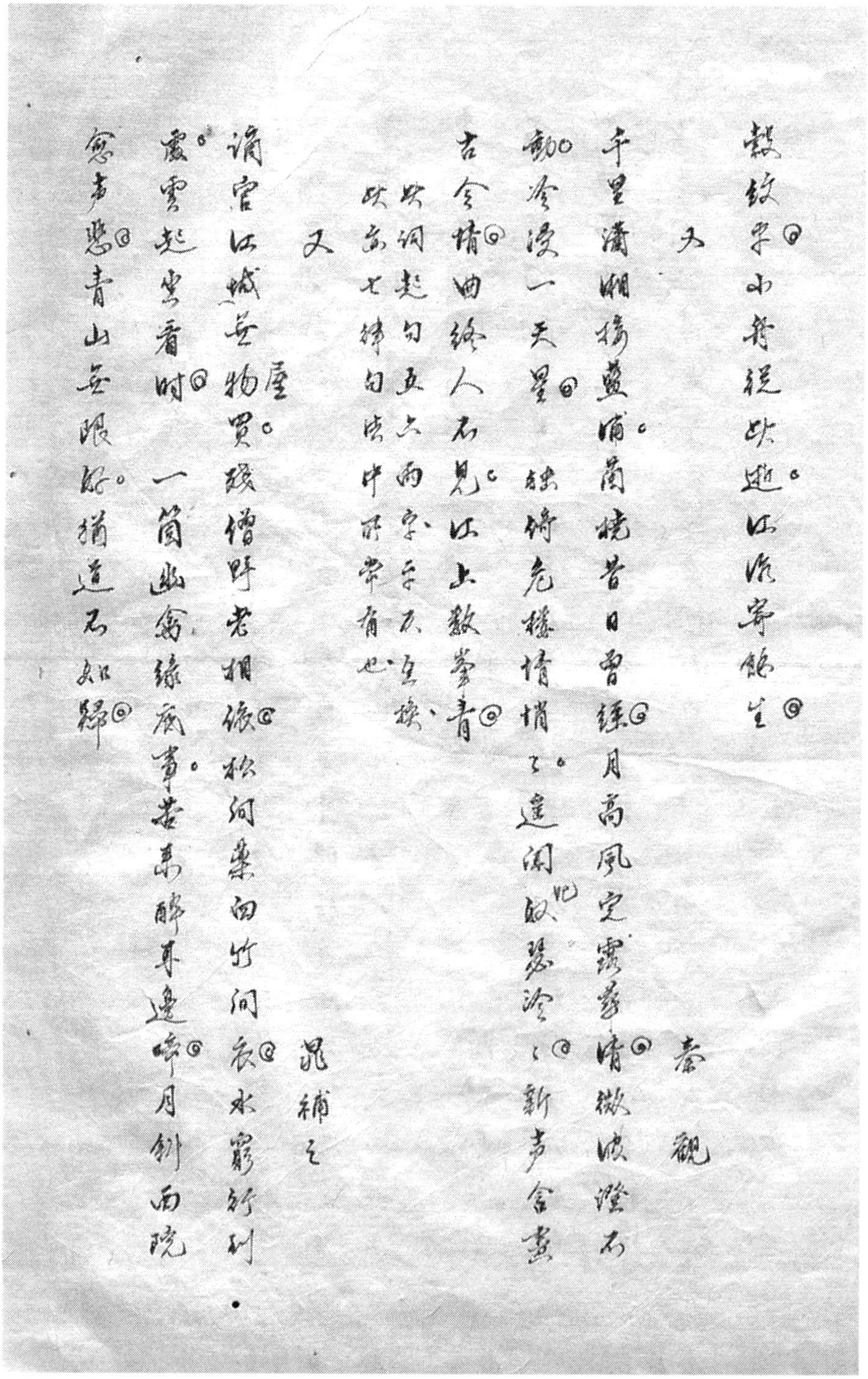
縠紋平◎小舟從此逝。江海寄餘生◎

又　秦觀

千里瀟湘挼藍浦。蘭橈昔日曾經◎月高風定露華清◎微波澄不動◎冷浸一天星◎獨倚危檣情悄悄。遙聞妃瑟泠泠◎新聲含盡古今情◎曲終人不見。江上數峰青◎

此詞起句五六兩字、平仄互換、此在七律句法中所常有也、

又　晁補之

謫官江城無屋買。殘僧野寺相依◎松間藥臼竹間衣◎水窮行到處◎雲起坐看時◎一箇幽禽緣底事。苦來醉耳邊啼◎月斜西院愈聲悲◎青山無限好。猶道不如歸◎

085

題云信州作

又　　晁沖之

憶昔西池池上飲。年年多少歡娛◎別來不寄一行書◎尋常相見了。猶道不如初◎安穩錦衾今夜夢。月明好渡江湖◎相思休問定何如◎情知春去後。管得落花無◎

又　　陳與義

高詠楚詞酬午日。天涯節序匆匆◎榴花不似舞裙紅◎無人知此意。歌罷滿簾風◎萬事一身傷老矣。戎葵凝笑牆東◎酒杯深淺去年同◎試澆橋下水。今夕到湘中◎

又　　陳與義

憶昔午橋橋上飲。坐中多是豪英◎長溝流月去無聲◎杏花疏影
裏。吹笛到天明◎二十餘年如一夢。此身雖在堪驚◎閑登小閣
看新晴◎古今多少事。漁唱起三更◎

又　　史達祖

愁與西風應有約◎年年同赴清秋◎舊遊簾幕記揚州◎一燈人著
夢。雙燕月當樓◎羅帶鴛鴦塵暗澹。更須整頓風流◎天涯萬一
見溫柔◎瘦應因此瘦。羞亦為郎羞◎

題云
閑愁

第四例　　柳永

夢覺小庭院。冷風淅淅。疏雨瀟瀟◎綺窗外。秋声敗葉狂飄◎心搖◎

奈、寒漏永。孤幃悄。淚燭空燒◎無端處。是繡衾鴛枕。閑過清宵◎
蕭條◎牽情繫恨。爭向年少偏饒◎覺新來、憔悴。舊日風標◎魂銷◎念
歡娛事。煙波阻。後約方遙◎還經歲。問怎生禁得。如許無聊◎

鷓鴣天

鷓鴣天、案宋葉入石手調、翁言詩以鷓鴣鳴似呼「行不得也哥哥」、以時當春末夏初、製曲者殆取傷春懷遠之意、故其音調悽婉、與浣溪沙等曲略同、又名思佳客、此調為七言律詩之變體、但化第五句七字為三言兩句、上闋第三第四兩句、及換頭三言兩句並宜對偶、歷代詩人之能詩倚聲者多喜為之、

088

錄取晏幾道鷓鴣天觀諸家詞比勘列式於下。

仄(可平)仄平々仄(可平)仄平 韻 平(可仄)平仄(可平)仄々平々 叶 平(可仄)平仄(可平)仄平々仄 句 仄(可平)仄平々仄(可平)仄平 叶 平仄々 句 仄平々 叶 平(可仄)平仄(可平)仄々平々 叶 平(可仄)平仄(可平)仄平々仄 句 仄(可平)仄平々仄(可平)仄平 叶

例

彩袖慇懃捧玉鍾◎當年拚卻醉顏紅◎舞低楊柳樓心月。歌盡桃花扇底風◎從別後。憶相逢◎幾回魂夢與君同◎今宵賸把銀釭照。猶恐相逢是夢中◎ 晏幾道 小山

又

晏幾道

守得蓮開結伴遊◎約開萍葉上蘭舟◎來时浦口雲隨棹◎采罷江邊月滿樓◎花不語。水空流◎年年拚得為花愁◎明朝萬一西風動。爭向朱顏不奈秋◎

又　晏幾道

小令尊前見玉簫◎銀燈一曲太妖嬈◎歌中醉倒誰能恨。唱罷歸來酒未消◎春悄悄。夜迢迢◎碧雲天共楚宮遙◎夢魂慣得無拘檢。又踏楊花過謝橋◎

又　晏幾道

十里樓臺倚翠微◎百花深處杜鵑啼◎殷勤自與行人語。不似流鶯取次飛◎驚夢覺。弄晴时◎聲聲只道不如歸◎天涯豈是無歸

意。會索歸期未可期◎

又　晏幾道

醉拍春衫惜舊香◎天將離恨惱疏狂◎年年陌上生秋草。日日樓中到夕陽◎雲渺渺。水茫茫◎征人歸路許多長◎相思本是無憑語。莫向花箋費淚行◎

又　蘇軾 東坡

林斷山明竹隱牆◎亂蟬衰草小池塘◎翻空白鳥時時見◎照水紅蕖細細香◎村舍外。古城旁◎杖藜徐步轉斜陽◎慇懃昨夜三更雨。又得浮生一日涼◎

又　秦觀 淮海

枕上流鶯和淚聞。新啼痕間舊啼痕。一春魚鳥無消息。千里關山
勞夢魂。無一語。對芳尊。安排腸斷到黃昏。甫能炙得燈兒了。
雨打梨花深閉門。

又　　黃庭堅 山谷

黃菊枝頭生曉寒。人生莫放酒杯乾。風前橫笛斜吹雨。醉裏簪
花倒著冠。身健在。且加餐。舞裙歌板盡情歡。黃花白髮相牽
挽。付與時人冷眼看。
題云：堂中有眉山隱客史
應之和前韻，即席答之。

又　　賀鑄 東山

重過閶門萬事非。同來何事不同歸。梧桐半死清霜後。頭白鴛

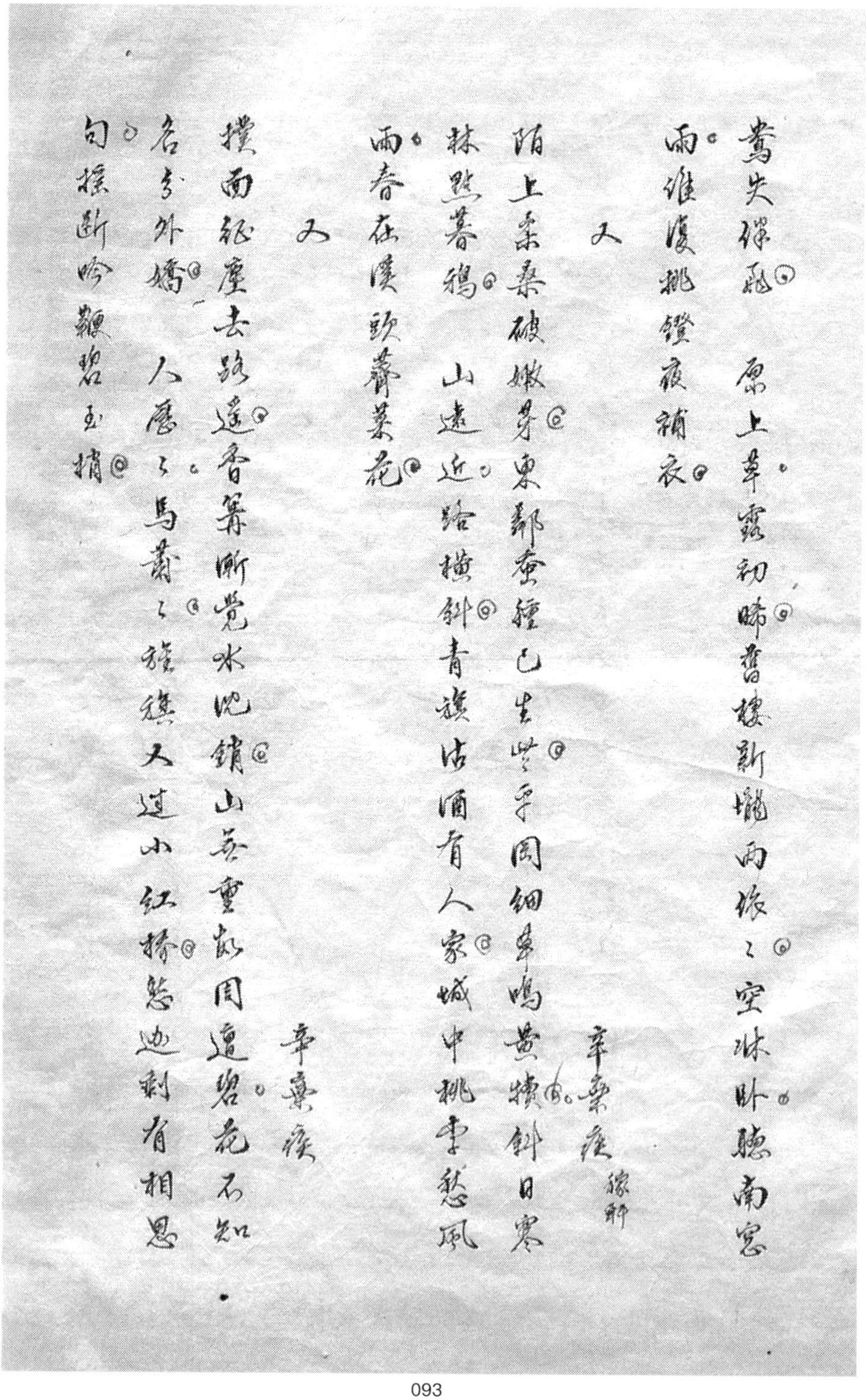

鶯失侶飛◎ 原上草露初晞◎ 舊樓新燕雨依々◎ 空床卧聽南窗
雨。 誰復挑鐙夜補衣◎

又　辛棄疾 稼軒

陌上柔桑破嫩芽◎ 東鄰蠶種已生些◎ 平岡細草鳴黃犢◎ 斜日寒
林點暮鴉◎ 山遠近。 路橫斜◎ 青旗沽酒有人家◎ 城中桃李愁風
雨。 春在溪頭薺菜花◎

又　辛棄疾

撲面征塵去路遙◎ 香篝漸覺水沈銷◎ 山無重數周遭碧。 花不知
名分外嬌◎ 人歷々。 馬蕭々◎ 旌旗又過小紅橋◎ 愁邊剩有相思
句。 搖斷吟鞭碧玉梢◎

093

又　辛棄疾

枕簟溪堂冷欲秋◎斷雲依水晚來收◎紅蓮相倚渾如醉。白鳥無
言定自愁◎　書咄咄。且休休◎一丘一壑也風流◎不知筋力衰多、
少◎但覺新來懶上樓◎
　題云鵝湖歸病起作

又　吳文英　夢窗

池上紅衣伴倚闌◎棲鴉常帶夕陽還◎殷雲度雨疏桐落。明月生
涼寶扇閒◎　鄉夢窄。水天寬◎小窗愁黛淡秋山◎吳鴻好為傳歸
信。楊柳閶門屋數間◎

虞美人

虞美人、唐教坊曲、當其音節、殆取義於項王垓下之圍、虞姬帳中起舞而作也、宋王灼碧雞漫志、稱虞美人舊曲、一入中呂調、一入中呂宮、後又轉入黃鐘宮、清真集則注正宮、所屬宮調不同、則所表現之情感、亦將因之小有差別、惜音譜不傳、無由勘定耳、僅能以李詞為最早、故知其為悽婉之音、後之作者、亦並依李詞為準、以此曲原為悲調也、

此調前後闋平仄句法全同、凡四換韻、兩句一換、見情緒之迫切、平仄互換、取音節之和婉、至其平仄之配置、每句度之長短、則七言律絕詩之變化也、而結九字句、約分三

095

節、前二字領下上四下三七字、又五代詞選詞、兩結作上七下三兩句、節拍微異、情致無殊也。蔡伸李煜之詞二闋、并以前後段比勘列式如下、并以詞選詞為第二格、

第一格式

平仄可平仄平可仄平く仄韻仄平可仄平く仄叶平仄可平仄平可仄く

平く平換仄平可仄平く仄可平二仄可仄く平く平叶平仄可平仄平可仄平

平仄仄三換仄平可仄平二仄仄叶三仄平可平く仄可仄く平く平四換仄

平可仄平仄可平仄平可仄く平く平叶四

第二格式

仄平可平〻仄可仄平〻仄韻仄〻平〻仄叶仄平〻仄〻平〻平換

仄平可平〻仄可仄〻平〻平叶仄平〻平叶平仄可平〻仄可仄平〻仄

仄三換仄平〻仄〻平〻平四換平仄可平仄平可仄〻平〻平叶四仄平

平平叶四

第一例

風回小院庭蕪綠△柳眼春相續△憑闌半日獨無言◎依舊竹聲新

月似當年◎笙歌未散尊罍在△池面冰初解△燭明香暗畫樓深◎

滿鬢清霜殘雪思難禁◎

李煜 後主

又

一

李煜

春花秋月何時了△往事知多少△小樓昨夜又東風◎故國不堪回

097

首月明中◎雕闌玉砌應猶在△只是朱顏改△問君能有幾多愁◎
恰似一江春水向東流◎　一
又　舒亶　信道
芙蓉落盡天涵水△日暮滄波起△背飛雙燕貼雲寒◎獨向小樓東
畔倚闌看◎浮生只合尊前老△雪滿長安道△故人早晚上高臺◎
寄我江南春色一枝梅◎
又　葉夢得　石林
落花已作風前舞△又送黃昏雨△曉來庭院半殘紅◎惟有游絲千
丈罥晴空◎殷勤花下同攜手△更盡杯中酒△美人不用斂蛾眉◎
我亦多情無奈酒闌時◎

題云、雨後同韓舉才
卿置酒東翁花下作、

又　　　　　　　　　　蔣春霖 鹿潭

水晶簾捲澄濃霧△夜靜涼生樹△病來身似瘦梧桐◎覺道一枝一葉怕秋風◎銀潢何日銷兵氣△劍指寒星碎△遙憑南斗望京華◎忘卻滿身清露在天涯◎

第二例　　　　　　　　閻選

粉融紅膩蓮房綻△臉動雙波慢△小魚銜玉鬢釵橫◎石榴裙染象紗輕◎轉娉婷◎偷期錦浪荷深處△一夢雲兼雨△臂留檀印齒痕香◎深秋不寐漏初長◎盡思量◎

小重山

宋史樂志及金奩集皆入雙調、張先詞入中呂宮、花間集中、有韋莊之作、則此調當爲唐人雜曲也、據韋詞及薛昭蘊詞、皆寫宮女怨情、與唐詩人王昌齡等絕句詩中之所詠歎、差相彷彿、知此調之作、必爲傳說哀怨之音、唐人詞多不立題、即依曲意、故由諸家所作詞推測、亦可約略瞭解、製曲者之因由也、花間集共收此調、惟和凝之詞以寫歡娛情景、似於曲意未諧、此調淒涼婉曲、純用疊聲、全闋中以三五七言各種句法排成、無一獨韻之句、此中消息、亦可詳參、前後闋各共六句、四句協韻、二句不協、有掩抑悲涼之致、音節調諧、無處

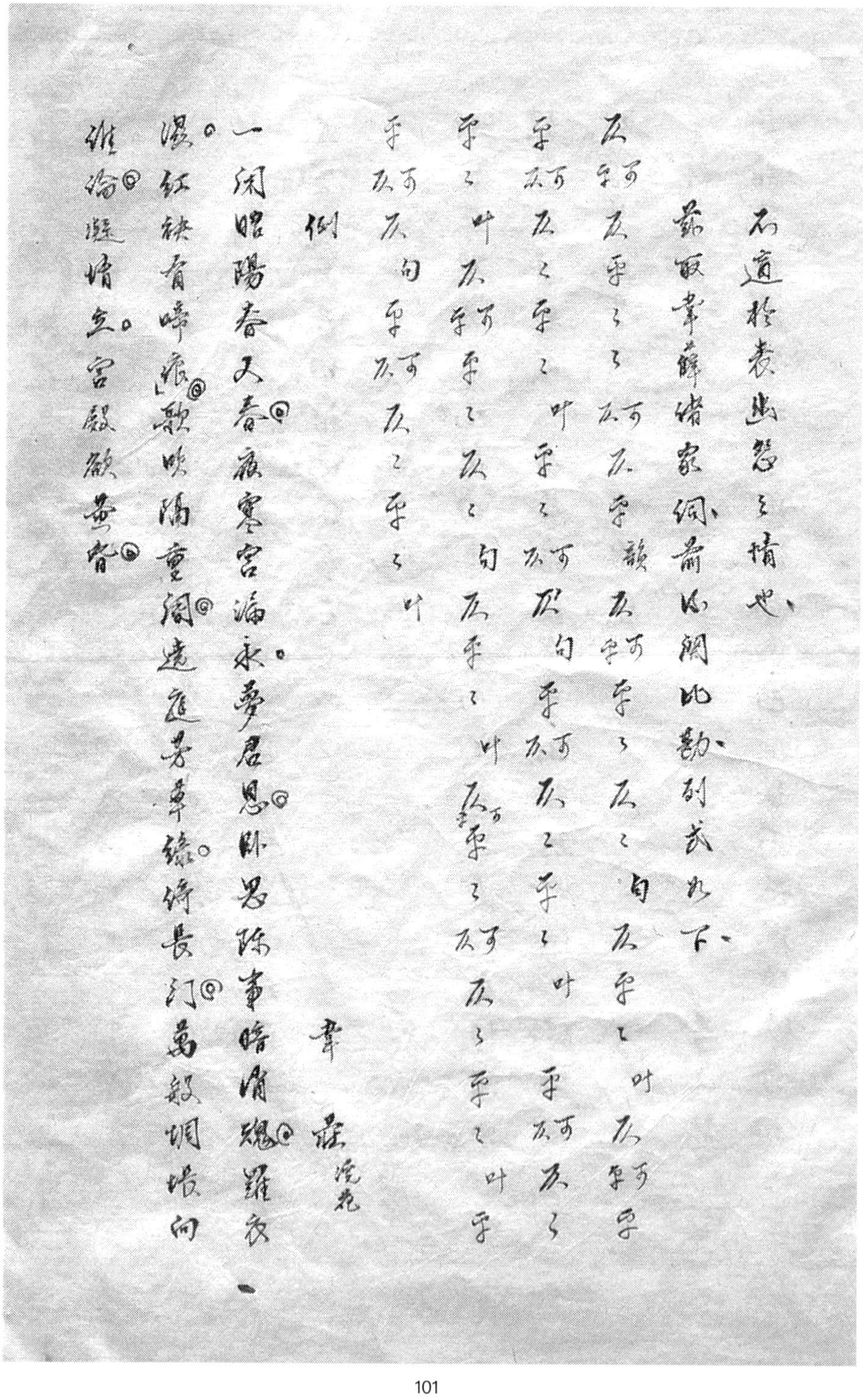

不適於表幽怨之情也、

茲取韋薛諸家詞、前後闋比勘、列式如下、

仄平可仄平〻〻仄可仄平韻仄平可平〻仄〻句仄平〻叶仄平可平

平仄可仄〻平〻叶平〻仄可仄句平仄可仄〻平〻叶平仄可仄〻

平〻叶仄平可平〻仄〻句仄平〻叶仄平可平〻仄可仄〻平〻叶平

平仄可仄句平仄可仄〻平〻叶

例　韋莊 浣花

一閉昭陽春又春◎夜寒宮漏永。夢君恩◎卧思陳事暗消魂◎羅衣

濕。紅袂有啼痕◎歌吹隔重閽◎遶庭芳草綠。倚長門◎萬般惆悵向

誰論◎凝情立。宮殿欲黃昏◎

101

又　薛昭蘊

春到長門春草青。玉階華露滴。月朧明。東風吹斷玉簫聲。宮漏
促。簾外曉啼鶯。愁極夢難成。紅妝流宿淚。不勝情。手挼裙帶
遶宮階行。思君切。羅幌暗塵生。

又　岳飛　鵬舉

昨夜寒蛩不住鳴。驚回千里夢。已三更。起來獨自繞階行。人悄
悄。簾外月朧明。白首為功名。舊山松竹老。阻歸程。欲將心事
付瑤琴。知音少。弦斷有誰聽。

又　章良能

柳暗花明春事深。小闌紅芍藥。已抽簪。雨餘風軟碎鳴禽。遲遲

102

日。猶帶一分陰◎ 往事莫沉吟◎ 身閒時序好。且登臨◎ 舊遊無處

不堪尋◎ 無尋處。惟有少年心◎

又　　　朱孝臧 彊邨

過客能言隔歲兵◎ 連邨遮戍壘。斷行人◎ 飄輪衝暝識春鐙◎ 迴風

起。猶帶戰塵腥◎ 落日野煙生◎ 荒壘三四點。淡於星◎ 叫羣創雁

不成聲◎ 無人管。收淚縱橫◎

題云晚
過黃陵

一剪梅

清真集詠、詞、有一剪梅一闋、首句云「一剪梅花萬樣嬌」、調

名即從此出。則此曲始自周邦彥所創作也。宋賢作者以李

清照蔣捷二家為最膾炙人口、然調前後句互平仄相同、各異其句、清真徽玉二家、第三第四第五等句皆不協韻、而並用平收、所以成為低抑之音、宜寫嬌羞纏綿情景、又詞協仄韻而全闋多用仄聲字結句者、類屬鏗烈之音、宜於悲壯、甚協平韻而全闋多用平聲字結句者、類為低抑之音、宜於哀婉、蓋多用平聲結句、音韻長而不能自振也、竹山此調、句之協韻則殆為情急調苦矣、

茲取清真徽玉二調比勘、為第一体、竹山為第二体、列式如下、

第一律式

仄平可仄平々仄々平韻仄平可仄平々句仄平可仄平々叶平仄可平

平仄々平々句仄平可仄平々句仄平可仄平々叶仄平可仄平々

仄々平叶仄平可仄平々句仄平可仄平々叶平仄可平々仄々平々

句仄平可仄平々句仄平可仄平々叶

第二律式

仄平可仄平々仄々平韻平仄可仄平々叶平仄可仄平々叶平々々

仄々平々叶平仄可仄平々叶仄平可仄平々叶仄平可仄平々仄

仄平叶平仄可仄平々叶平仄可仄平々叶平々々仄々平々叶平

仄可仄平々叶仄平可仄平々叶

105

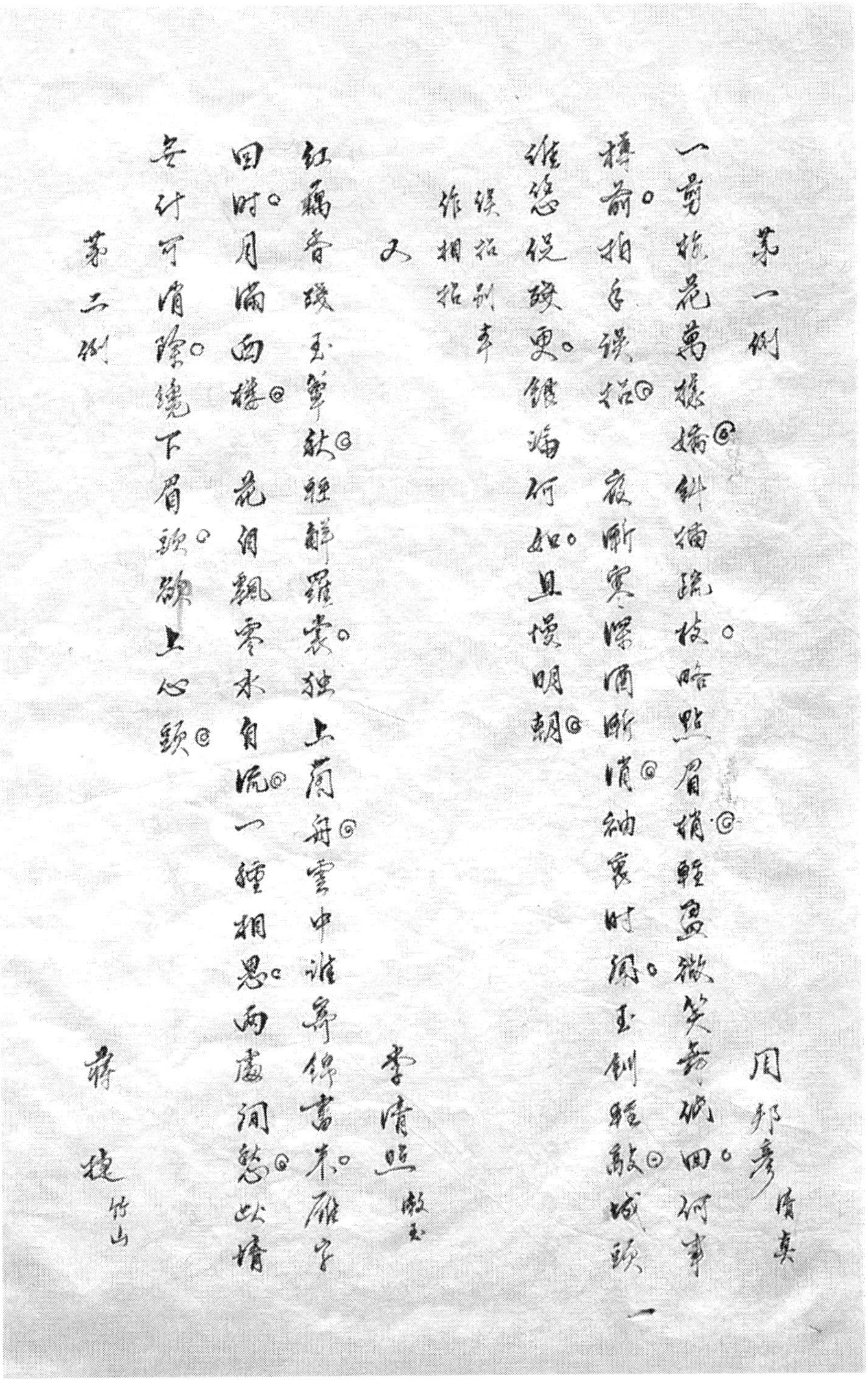

第一例　周邦彥 清真

一剪梅花萬樣嬌◎斜插疏枝。略點眉梢◎輕盈微笑舞低回。何事—
尊前。拍手相招◎夜漸寒深酒漸消◎袖裏時聞。玉釧輕敲◎城頭—
誰怨促殘更。銀漏何如。且慢明朝◎

誤招別本
作相招

又　李清照 漱玉

紅藕香殘玉簟秋◎輕解羅裳。獨上蘭舟◎雲中誰寄錦書來。雁字
回時。月滿西樓◎花自飄零水自流◎一種相思。兩處閒愁◎此情
無計可消除。纔下眉頭。卻上心頭◎

第二例　蔣捷 竹山

一片春愁待酒澆◎江上舟搖◎樓上帘招◎秋娘容與泰娘嬌◎風又飄飄◎雨又瀟瀟◎何日雲帆卸浦橋◎銀字箏調◎心字香燒◎流光容易把人拋◎紅了櫻桃◎綠了芭蕉◎

蝶戀花

蝶戀花、唐教坊曲、柳永樂章集入小石調、周邦彥清真集入商調、張先詞一入小石調、一入林鍾商、本名鵲踏枝、敦煌石室所藏唐人殘抄本有此調、雖句豆與後來所作不同、其本意則係婦見中庭踏枝群鵲、呼而詢以征夫消息、冀得早報歸期、其情原屬懷怨也、馮延巳陽春集亦作鵲踏枝、宋人始易名蝶戀花、又名鳳棲梧、體式無異、此調前後闋全同、惟第二句用平声收、餘皆協仄韻、以上去声韻為主、取其音響清遠、適於婉曲幽怨之情也、協韻既密、情緒縣緊、宜有用入声韻者、則更覺為迫切之音矣、一般以陽春集及珠玉詞比勘、列式如下、

仄（可平）仄平（可仄）平々仄々　韻　仄（可平）仄平々　句　仄（可平）仄平々仄　叶　仄（可平）仄平（可仄）平々仄々　叶　平（可仄）平仄（可平）仄平々仄　叶

仄（可平）仄平（可仄）平々仄々　叶　仄（可平）仄平々　句　仄（可平）仄平々仄　叶　仄（可平）仄平（可仄）平々仄々　叶　平（可仄）平仄（可平）仄平々仄　叶

例　　馮延巳　陽春

幾日行雲何處去△忘了歸來○不道春將暮△百草千花寒食路△

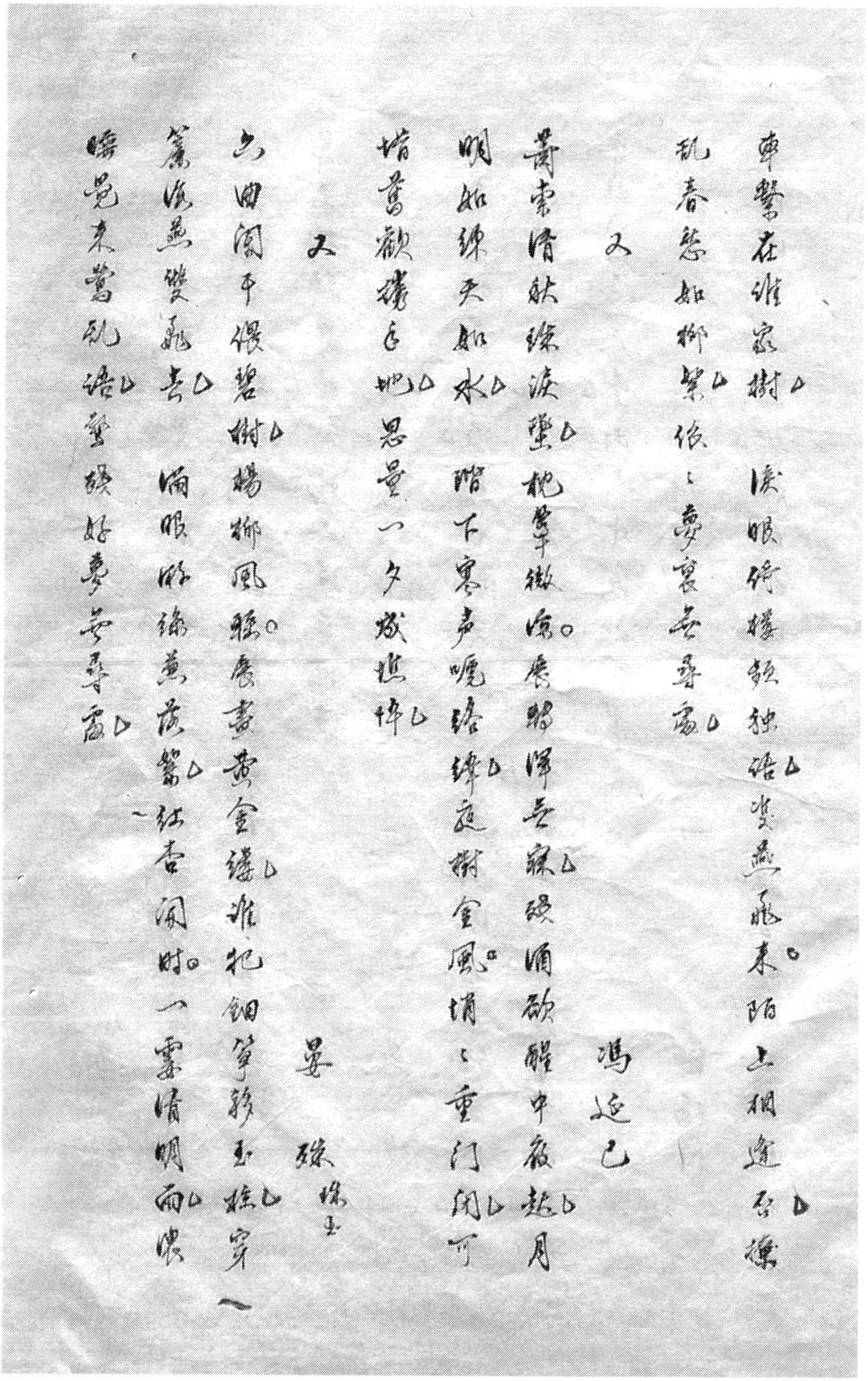

車繫在誰家樹△ 淚眼倚樓頻獨語△ 雙燕飛來。陌上相逢否△ 撩亂春愁如柳絮△ 依々夢裏無尋處△

又　馮延巳

蕭索清秋珠淚墜△ 枕簟微涼。展轉渾無寐△ 殘酒欲醒中夜起△ 月明如練天如水△ 階下寒聲啼絡緯△ 庭樹金風。悄々重門閉△ 可惜舊歡攜手地△ 思量一夕成憔悴△

又　晏殊　珠玉

六曲闌干偎碧樹△ 楊柳風輕。展盡黃金縷△ 誰把鈿箏移玉柱△ 穿簾海燕雙飛去△ 滿眼游絲兼落絮△ 紅杏開時。一霎清明雨△ 濃睡覺來鶯亂語△ 驚殘好夢無尋處△

又　晏殊

簾幕風輕雙語燕△午醉醒來柳絮飛撩亂△心事一春猶未見△餘花落盡青苔院△百尺朱樓閒倚遍△薄雨濃雲○抵死遮人面△消息未知歸早晚△斜陽只送平波遠△

又　晏殊

檻菊愁煙蘭泣露△羅幕輕寒○燕子雙飛去△明月不諳離別苦△斜光到曉穿朱戶△昨夜西風凋碧樹△獨上高樓○望盡天涯路△欲寄彩箋無尺素△山長水闊知何處△

又　歐陽修　六一

庭院深深深幾許△楊柳堆煙○簾幕無重數△玉勒雕鞍遊冶處△樓

高不見章臺路雨橫風狂三月暮門掩黃昏無計留春住淚
眼問花花不語亂紅飛過秋千去

又　歐陽修

畫閣歸來春又晚燕子雙飛柳軟桃花淺細雨滿天風滿院愁
眉斂盡無人見獨倚闌干心緒亂芳草芊綿尚憶江南岸風
月無情人暗換舊游如夢空腸斷

又　柳永　樂章

佇倚危樓風細細望極春愁黯黯生天際草色煙光殘照裏無
言誰會憑闌意擬把疏狂圖一醉對酒當歌強樂還無味衣
帶漸寬終不悔為伊消得人憔悴

111

又　晏幾道 小山

夢入江南煙水路。行盡江南。不與離人遇。睡裏消魂無說處。覺
來惆悵消魂誤。欲盡此情書尺素。浮雁沉魚。終了無憑據。卻
倚緩絃歌別緒。斷腸移破秦箏柱。

又　晏幾道

醉別西樓醒不記。春夢秋雲。聚散真容易。斜月半窗還少睡。畫
屏閒展吳山翠。衣上酒痕詩裏字。點點行行。總是淒涼意。紅
燭自憐無好計。夜寒空替人垂淚。

又　趙令畤 德麟

欲減羅衣寒未去。不捲珠簾。人在深深處。紅杏枝頭花幾許。啼

112

痕只恨清明雨△ 盡日沈香煙一縷△ 宿酒醒遲。惱破春情緒△ 飛燕又將歸信誤△ 小屏風上西江路△

又　　趙令畤

捲絮風頭寒欲盡△ 墜粉飄香。日日紅成陣△ 新酒又添殘酒困△ 今春不減前春恨△ 蝶去鶯飛無處問△ 隔水高樓。望斷雙魚信△ 惱亂橫波秋一寸△ 斜陽只與黃昏近△

又　　周邦彥 清真

月皎驚烏棲不定△ 更漏將闌。轆轤牽金井△ 喚起兩眸清炯炯△ 淚花落枕紅綿冷△ 執手霜風吹鬢影△ 去意徊徨。別語愁難聽△ 樓上闌干橫斗柄△ 露寒人遠雞相應△

113

又

賀鑄 東山

幾許傷春春復暮△楊柳清陰○偏礙游絲度△天際小山桃葉步△白蘋花滿湔裙處△竟日微吟長短句△簾影燈昏○心寄胡琴語△數點雨聲風約住△朦朧淡月雲來去△

唐多令

唐多令當爲宋人雜曲、太和正音譜越調亦入高平調、宋代作者、以劉過吳文英二闋爲最著、而當其命名之由來、以劉詞有重過南樓之語、故又名南樓令、此調前後闋、形式全同、全體皆以單句構成、而以中間上三下四一句爲關紐、小作頓挫、轉見掩抑悲涼之致、於流

麗中見悽婉、此曲之特色也、其詞多一襯字、實為一體、

錄以龍洲詞為準、前後比勘、列式於下、

平仄、平、韻　平仄可平仄平可仄平叶　仄平仄可平豆平仄可仄平、

叶仄平可仄、平可平、仄、句平仄可仄平可仄句仄平、叶平仄

仄平、叶平仄可平仄平可仄平、叶仄平仄可平豆平仄可仄平、叶仄、

平可仄、平可平、仄、叶平仄可仄平可仄豆仄平、叶

例　劉過　龍洲

蘆葉滿汀洲◎、寒沙帶淺流◎。二十年、重過南樓◎。柳下繫船猶未穩。

能幾日。又中秋◎。黃鶴斷磯頭◎。故人曾到否◎。舊江山渾是新愁◎。

欲買桂花同載酒。終不似、少年遊◎。

115

吳文英 夢窗

又

何處合成愁◎離人心上秋◎縱芭蕉、不雨也颼颼◎都道晚涼天氣好、有明月、怕登樓◎　年事夢中休◎花空煙水流◎燕辭歸客尚淹留◎垂柳不縈裙帶住、漫長是繫行舟◎

詞綜注縱字爲襯以上三下四句法言之則當以也字爲襯也

定風波

定風波、唐教坊曲、張先詞入雙調、清真集入商調、花間集中已多傳作、一名定風波令、一名轉調定風波、此調前闋五句、三平韻、兩仄韻、後闋六句、四仄韻、兩平韻、全闋除二字短句外、并爲七言、猶絶句體也、七絶體格本

極和婉、而以二言仄韻句相間用之、便覺風華掩抑、別有韻度、且柳永實屬慢詞、音節宛轉、固與本曲聲情無二致也、

茲依歐陽炯詞、參以北宋諸家作、定為第一體、柳永詞為第二體、列式如下、

第一體

仄平可仄平、仄、平韻平仄可平仄平可仄、平、叶仄平可仄平仄可

平、仄、仄換平仄仄叶仄平可平、仄可仄、平、平叶仄平可仄平仄可

平、仄、仄三換平仄仄叶三平仄可平仄平可仄、平、平叶仄平可仄平

仄可平、仄、仄四換平仄仄叶四仄平可平、仄可仄、平、平叶

一

第二體式

仄平〻豆仄〻平〻句平〻仄〻〻〻韻仄〻平〻句平〻仄
仄句平仄平〻仄叶仄平〻句仄平仄叶平仄平〻仄平仄叶
平仄叶仄領仄平仄〻句平〻〻仄叶仄仄平〻叶仄平〻豆
仄〻平〻仄叶仄平〻仄〻句平〻仄〻句平仄平〻仄叶仄
平〻句仄平仄叶平仄平〻仄平仄叶平仄叶仄〻平仄平〻
平仄叶

詞律所引柳詞、頗有訛誤、特為訂正如上、結句多使二字
領下六字為一句、萬氏分作四言二句、殊為不合

第一例　歐陽炯

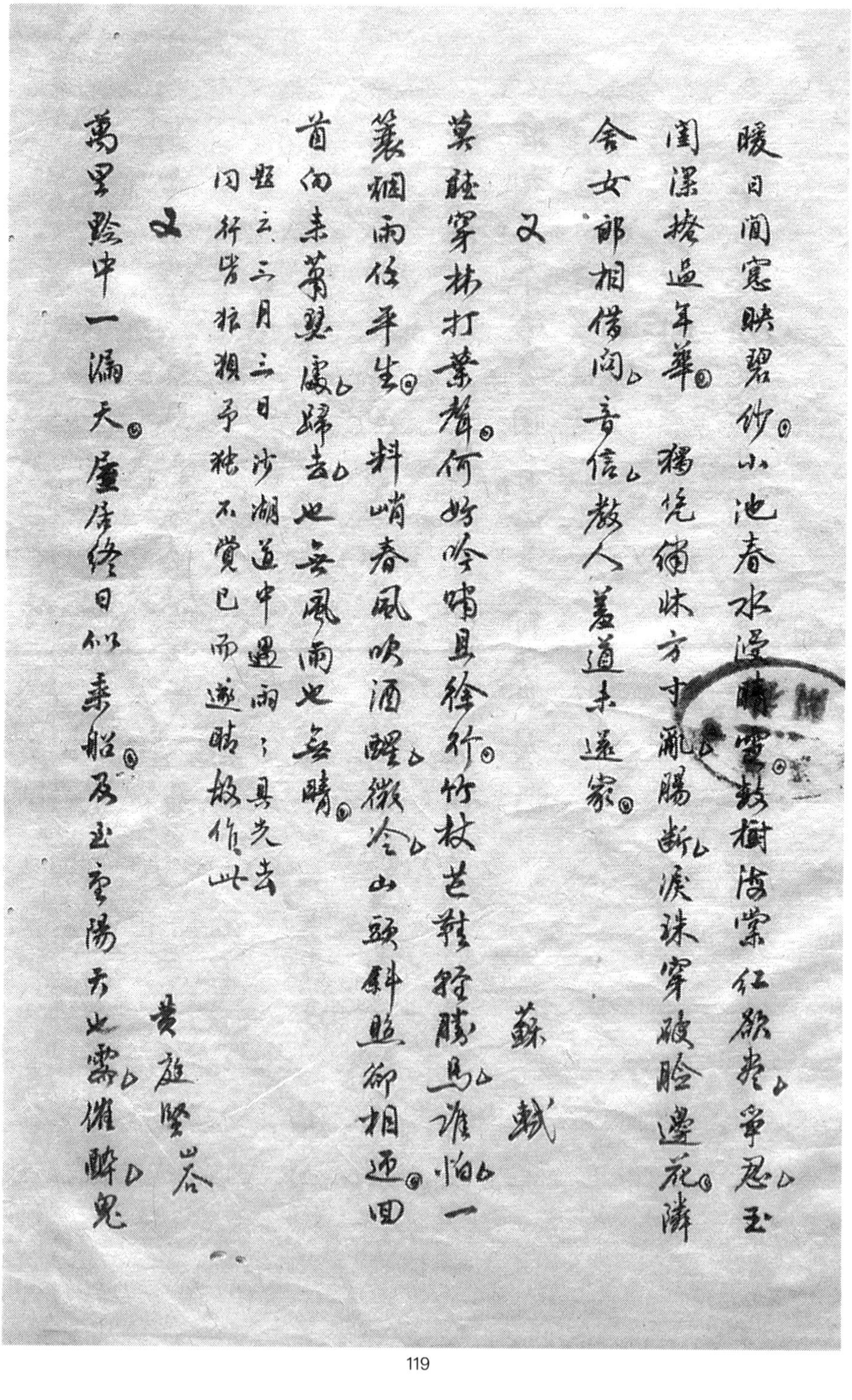

暖日閒窗映碧紗。小池春水浸晴霞。數樹海棠紅欲盡。爭忍。玉閨深掩過年華。獨憑繡牀方寸亂。腸斷。淚珠穿破臉邊花。鄰舍女郎相借問。音信。教人羞道未還家。

又

蘇軾

莫聽穿林打葉聲。何妨吟嘯且徐行。竹杖芒鞋輕勝馬。誰怕。一蓑烟雨任平生。料峭春風吹酒醒。微冷。山頭斜照卻相迎。回首向來蕭瑟處。歸去。也無風雨也無晴。

題云、三月七日沙湖道中遇雨，雨具先去，同行皆狼狽，予獨不覺，已而遂晴，故作此

又

黃庭堅 山谷

萬里黔中一漏天。屋居終日似乘船。及至重陽天也霽。催醉。鬼

119

門閥近蜀江前。莫笑老翁猶氣岸，君看幾人白髮上華顛。戲馬臺前追小謝，馳射風情猶拍古人肩。

題云：次高左藏使君韻

又　陸游放翁

欹帽垂鞭送客回。小橋流水一枝梅。衰病逢春都不記，誰謂幽香卻解逐人來。安得身閒頻置酒，攜手與君看到十分開。少壯相從今雪鬢，因甚，流年羈恨兩相催。

題云：過買道上見梅贈王伯庠

第二例　柳永耆卿

自春來慘綠愁紅。芳心是事可可。日上花梢，鶯穿柳帶，猶壓香

120

衾臥△暖酥銷。膩雲嚲△終日厭厭倦梳裹△無那△恨、薄情一去。音書
無箇△早知恁麼△悔當初、不把雕鞍鎖△向雞窗只与、蠻牋象管。
拘束教吟課△鎮相隨。莫拋躲△針線閑拈伴伊坐△和我△免使年少
光陰虛過△

淡黃柳

淡黃柳為白石道人自製曲、詞正平調近、其自序云：客居
合肥南城赤闌橋之西、巷陌淒涼、與江左異、唯柳色夾道、
依依可憐、因度此闋、以抒客懷、由此知本調之作、原出愁一。
深情緒也、
此調前闋五句、三協韻、韻忌用入聲、前皆仄聲住句、猶見

121

緊促，結三句轉入和婉，於清勁中見情韻之致，

前依詞律所列姜詞，以本集校正，列式如下，

平〻仄〻句平仄平〻仄韻仄〻〻仄〻叶仄〻平〻仄

〻句平仄平〻仄平仄叶仄平仄叶平〻仄平仄叶仄平仄

句仄領平〻仄〻平〻仄叶仄〻平〻句仄平〻仄句平仄平

〻仄〻叶

例　　　　　　　　　　　姜夔　白石

空城曉角。吹入垂楊陌△馬上單衣寒惻惻△看盡鵝黃嫩綠。都是

江南舊相識△正岑寂△明朝又寒食△彊攜酒。小喬宅△怕梨花落

盡成秋色△燕〻飛來。問春何在。唯有池塘自碧△

「一年春事都來幾」誠不知孰先孰後，以歐隕時，賀年僅二十，歐詞未必定所作，賀詞亦未必定是成以前也。

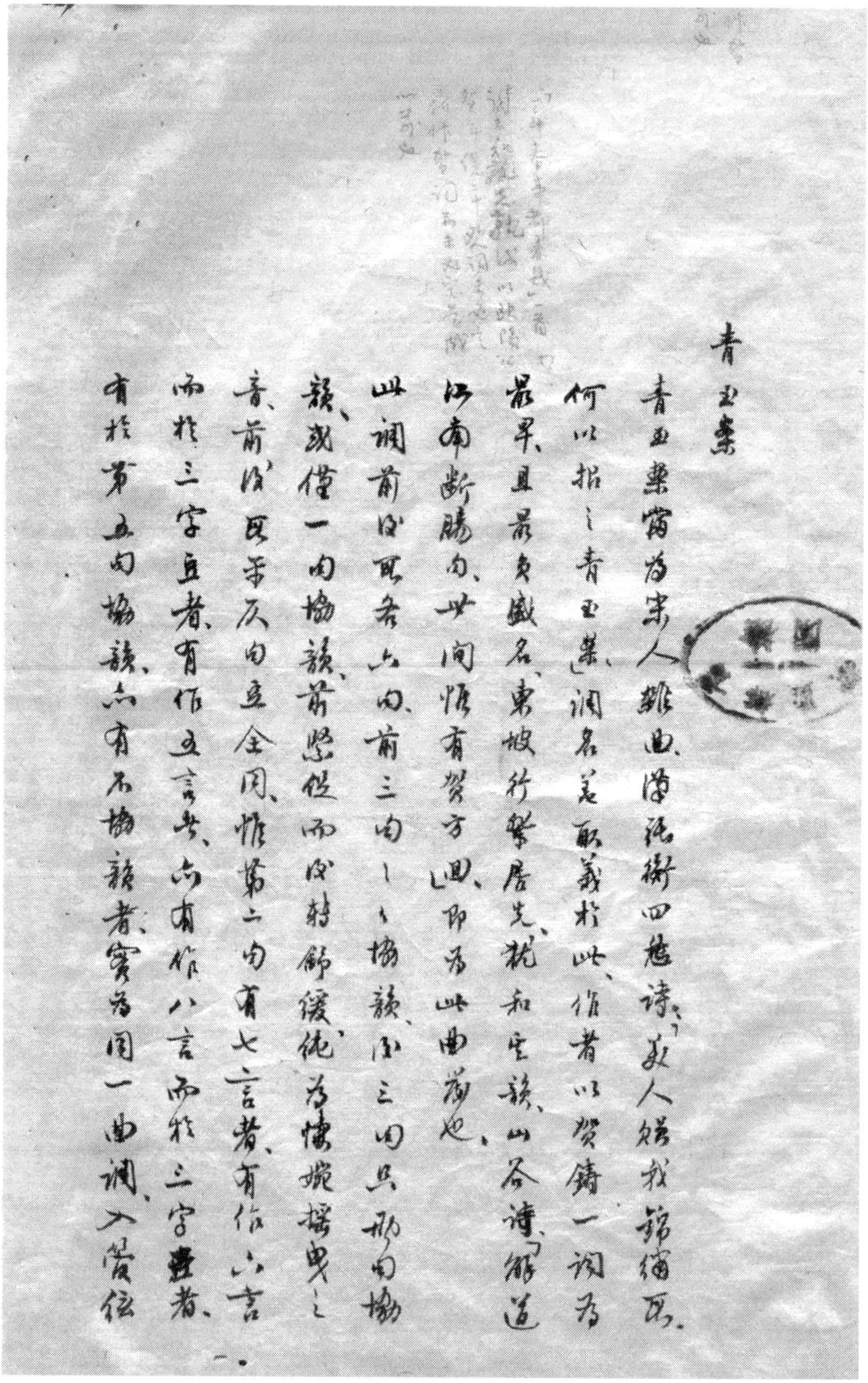

青玉案

青玉案嘗為宋人雅曲，溯源衍四愁詩「美人贈我錦繡段，何以報之青玉案」，調名蓋取義於此。作者以賀鑄一詞為最早，且最負盛名，東坡行將居先就和其韻，山谷詩「解道江南斷腸句，世間惟有賀方回」，即為此曲發也。

此調前後片各六句，前三句句句協韻，後三句只兩句協韻，或僅一句協韻，前疊促而後轉舒緩，純為懷婉搖曳之音。前後段平仄全同，惟第二句有七言者，有作六言而於三字豆者，有作五言者，亦有作八言而於三字豆者，有於第五句協韻，亦有不協韻者，實為同一曲調，人貴依

123

時稍有出入耳、

蘇歐易賀二詞、比勘列爲定式、至諸家稍有出入之處、但录詞爲例、不更列式、學者可以推知也、

平(可仄)平仄(可平)仄平、仄韻仄、(可平)仄豆平、仄叶仄、平、、

仄、、叶仄(可平)平、(可仄)仄句仄(可平)平、(可仄)仄叶仄(可平)仄平、仄叶

平(可仄)平仄(可平)仄平、仄叶仄(可平)仄平、仄平仄叶仄、平、

、仄、叶仄(可平)平、(可仄)仄句仄(可平)平、(可仄)仄叶仄(可平)仄平、仄

叶

例一（西塍）　賀鑄東山

凌波不過橫塘路、但目送、芳塵去、錦瑟年華誰與度、月橋花院。瑣

124

窗朱户△，只有春知處。飛雲冉冉蘅皋暮△，綵筆新題斷腸句△。若問閒情都幾許△？一川煙草。滿城風絮△，梅子黃時雨△。

又　蘇軾 東坡

三年枕上吳中路△，遣黃犬。隨君去△，若到松江呼小渡△，莫驚鴛鷺、四橋盡是。老子經行處△。輞川圖上看春暮△，常記高人右丞句△。作箇歸期天已許，春衫猶是。小蠻針線。曾濕西湖雨△。

題云、和賀方回韻、送伯固歸吳中、此詞明言和賀韻、而於第五句户、絮二字皆未遵用、是此句原可不協也、

例二　劉過　曾組 元寵

碧山錦樹明秋霽△，路轉陡、疑無地△，忽有人家臨曲水△，竹籬茅舍。

125

酒旗沙岸。一簇漁樵市△。凄涼只恐鄉心起△。鳳樓遠。回頭漫凝
睇△。何處今宵孤館裏△。一聲征雁。半窗殘月。總是離人淚△。
此詞前段第二句作八言，又
第五句前後段皆不協韻、

又　　張榘 惕音

西風亂葉谿橋樹△。秋在黃花羞澀處△。滿袖塵埃推不去△。馬蹄濃
露。雞聲淡月。寂歷荒村路△。身名多被儒冠誤△。十載重來漫如
許△。且盡清樽公莫舞△。六朝舊事。一江流水。萬感天涯暮△。
此詞前段第二句偶作
七字、第五句皆不協韻

又　　史達祖 梅溪

蕙花老盡離騷句△。綠染遍。江頭樹△。日午酒消聽驟雨△。青榆錢小。

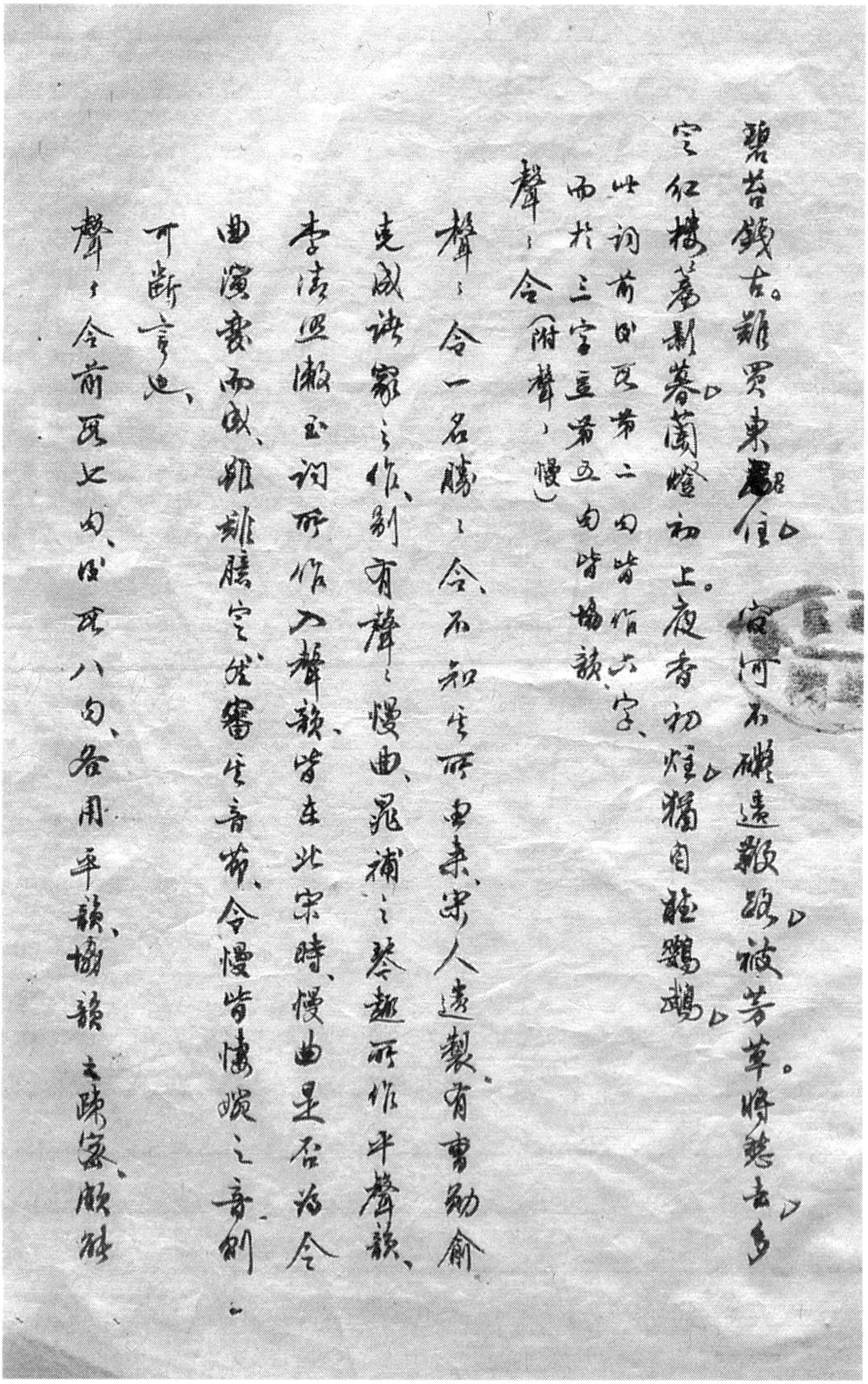
碧苔錢古。難買東風住△寧河不礙遠歡蹤△被芳草將愁去△多
少紅樓簾影暮△蘭燈初上。夜香初炷△獨自倚鸚鵡△
此詞前四句第二句皆作六字、
而於三字豆第五句皆協韻、
聲聲令（附聲聲慢）
聲聲令一名勝勝令、不知其所由來、宋人遂製有曹勛俞
克成諸家之作、別有聲聲慢曲、晁補之琴趣所作平聲韻、
李清照漱玉詞所作入聲韻、皆在北宋時、慢曲是否為令
曲演衍而成、雖難臆定、然審其音節、令慢皆屬嫡派之音則
可斷言也、
聲聲令前段七句、後段八句、各用平韻、協韻之蹊徑、顧樹

127

與情致之緩急相轉移，而每句住字多用平聲，極見情抑颺綿之致，而結之句連用平收，而以最末第二字用一仄聲振起之，乃揭出高響，不致幽咽低微，全無氣力，此末四字必用仄仄仄平、或平仄仄平，始見其運聲之妙也。聲聲慢前段九句，後段八句，亦各用四平韻，且全闋中各句，用平聲住者，共十一句，足見並屬低抑之音，而詞律所引吳文英詞，及張炎山中白雲詞，共填此調五首，四段結句，又全作平仄仄平，與今曲詞，由此可知此調合慢曲，原為一調，而者引長其聲，遂不滑不增字以實之，然其聲法節拍，固未大密也，至平韻改入聲韻，詞家不合其例，此調亦然，其協入聲韻者，可通協韻，亦與平韻體無別，故此調令慢各體，並宜抒情抑宕怨之情也。
茲於令曲取曹勛詞，慢曲平韻體取吳、張二家詞，入聲韻體取李清照詞，比其體式如下，其諸家亦有異同之作，偶於例中略舉一二焉。

令曲式

平〻仄可平仄句仄可平仄平〻韻仄平〻仄〻平〻叶平〻仄〻
句仄平〻句仄平〻叶仄〻〻豆可平平仄〻平叶仄可平仄平〻
〻句仄可平仄〻句仄平〻叶仄平〻仄〻平〻叶平〻仄〻句
仄平〻句仄平〻叶仄〻平豆可仄平仄〻平叶

十分點綴殘秋、釵行兩兩春容、禁寒粉粟生肌、金盤來薦清斟、雲瀾錦浪無涯、遙山眉上新愁、西風勝似春柔

渾疑、沅湘、宿春

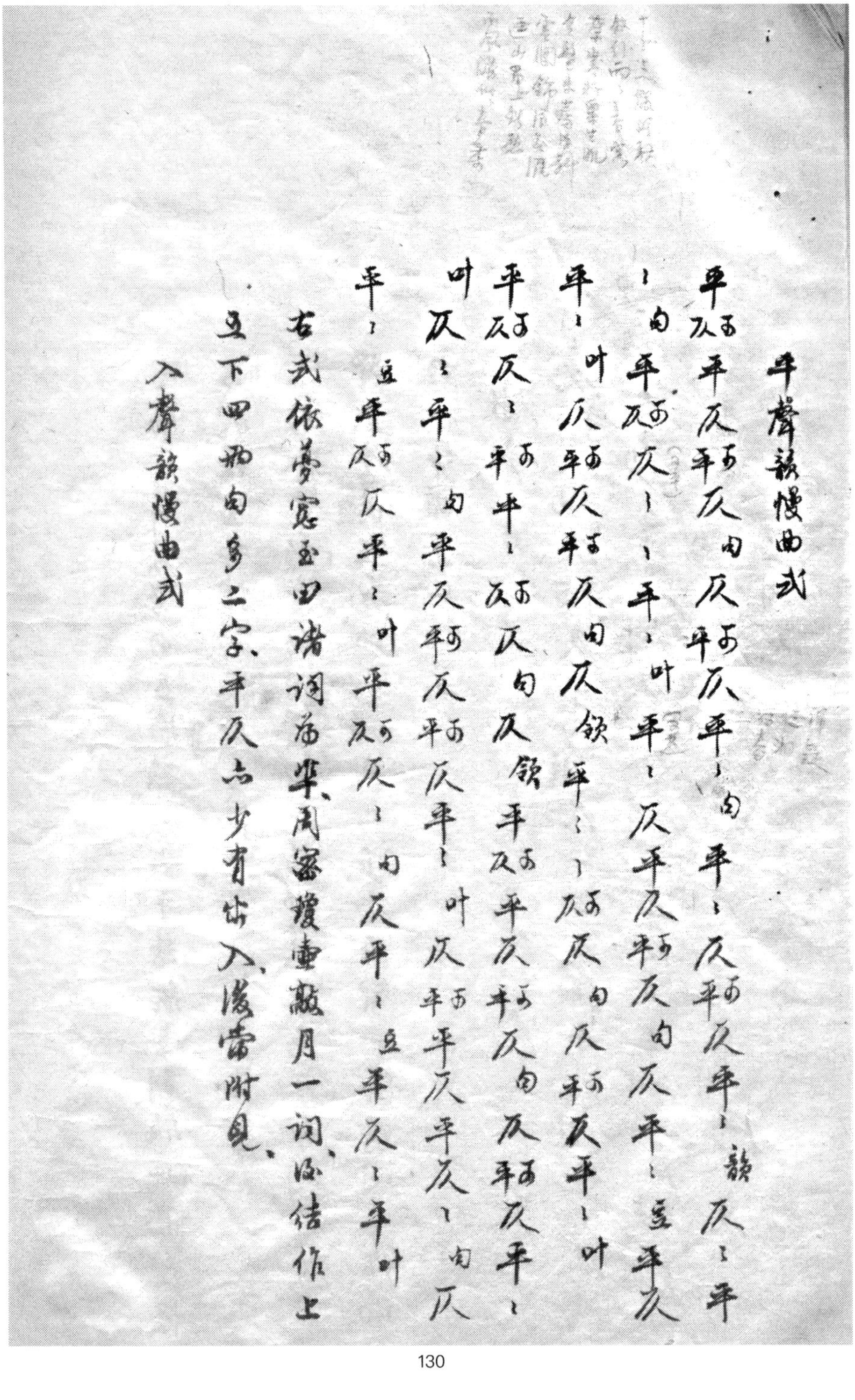

130

平聲韻慢曲式第五、六句：平（仄可）仄（平可）仄仄平平叶，平（仄可）平仄平仄（平可）仄句

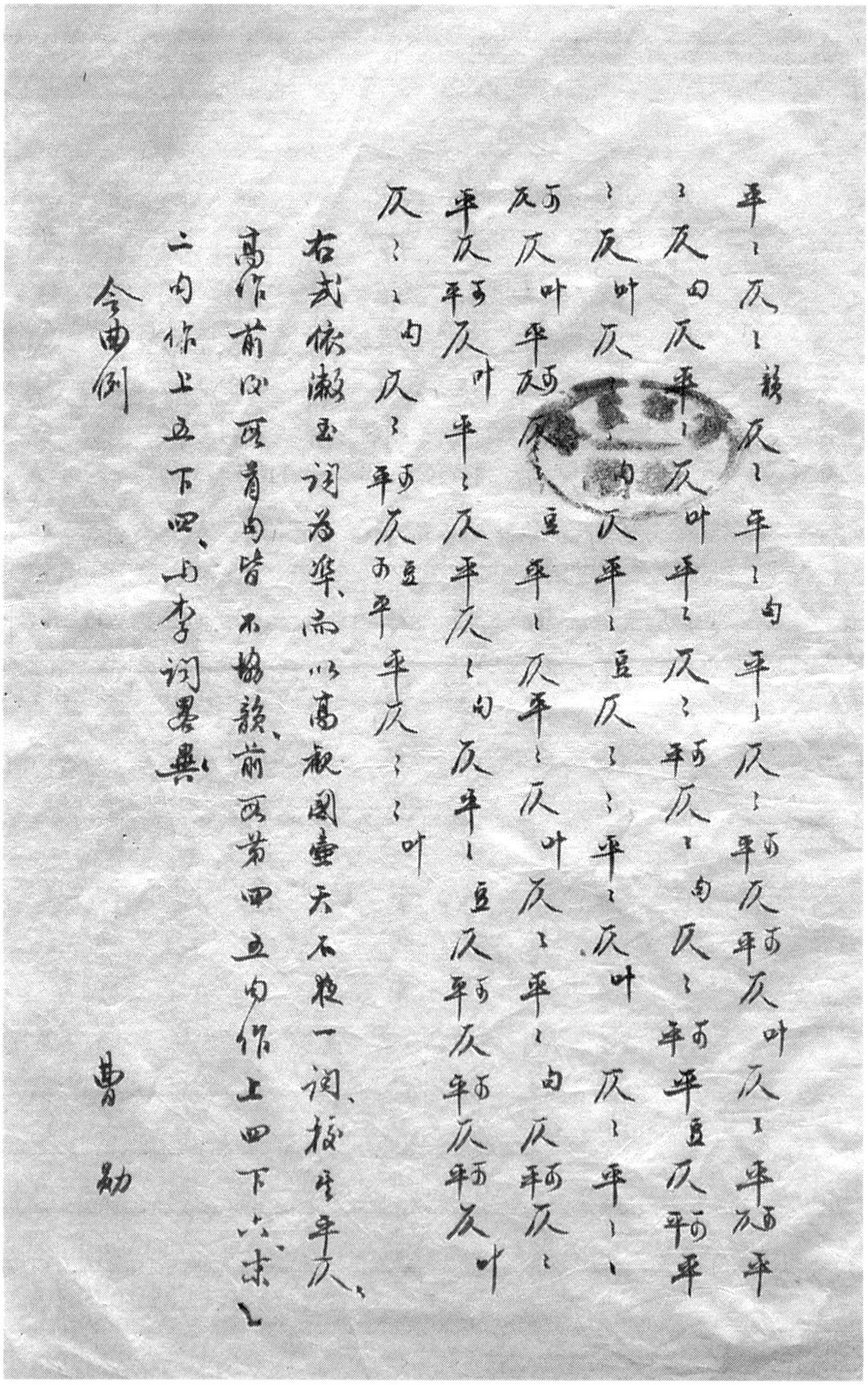

平〻仄〻韻 仄〻平〻句 平〻仄〻平可仄平可仄叶 仄〻平可仄平

〻仄句仄平〻仄叶平〻仄〻平可仄〻句仄〻平可平豆仄平可平

〻仄叶仄〻句仄平〻豆仄〻〻平〻仄叶仄〻平〻〻

仄可仄叶平仄可仄〻豆平〻仄平〻仄叶仄〻平〻句仄平可仄〻

平仄可平仄叶平〻仄平仄〻句仄平〻豆仄可平仄可平仄可平仄叶

仄〻〻句仄〻平可仄可平平仄〻〻叶

右式依漱玉词為準、而以高叔園壺天不夜一词、校其平仄、

高作前段首句皆不協韻、前段第四五句作上四下六、求之

二句作上五下四、與李词畧異、

曹勛

令曲例

131

梅風吹粉。柳剪搖金◎斷腸春意入芳林◎波明草嫩。樓徑鞦。晚烟
沈◎向野餞。愁緒怎禁◎過了燒鐙。醉別院。阻同尋◎躑躅還是冷
瑤琴◎鐙花灺也。擁春寒。捲間衾◎念翠屏、幾度夜深◎

平聲韻慢曲例　吳文英 夢窗

雲深山塢。煙冷江皋。人生未易相逢◎一笑燈前。釵行兩〻春容◎
清芳夜爭真態。引生香。撩亂東風◎探花手。與、安排金屋。懊惱司
空◎憔悴敧翹委佩。恨、玉奴消瘦。飛趁輕鴻◎試問知心。尊前誰
最情濃◎連呼紫雲伴醉。小丁香、纔吐微紅◎還解語。待攜歸。行雨
夢中◎

又　張 支 畫

寒花清事。老圃閑人。相看秋色霏霏。帶葉分根。空翠半溼荷衣。沉湘舊愁未減。有黃金、難鑄相思。但醉裏、把苔箋重譜。不許春知。聊慰幽懷古意。且頻簪短帽。休怨斜暉。采摘無多。一笑竟日忘歸。從教護香徑小。似東山、還似東籬。待去隱。怕如今不是晉時。

題云、為高菊礀賦

又　　張炎

烟堤小舫。雨屋深燈。春衫慣染京塵。舞柳歌桃。心事暗惱東鄰。渾疑夜窗夢蝶。到如今、猶宿花陰。待喚起。甚江蘺搖落。化作秋聲。回首曲終人去、黯消魂、忍看朵朵芳雲。潤墨空題。惆悵醉

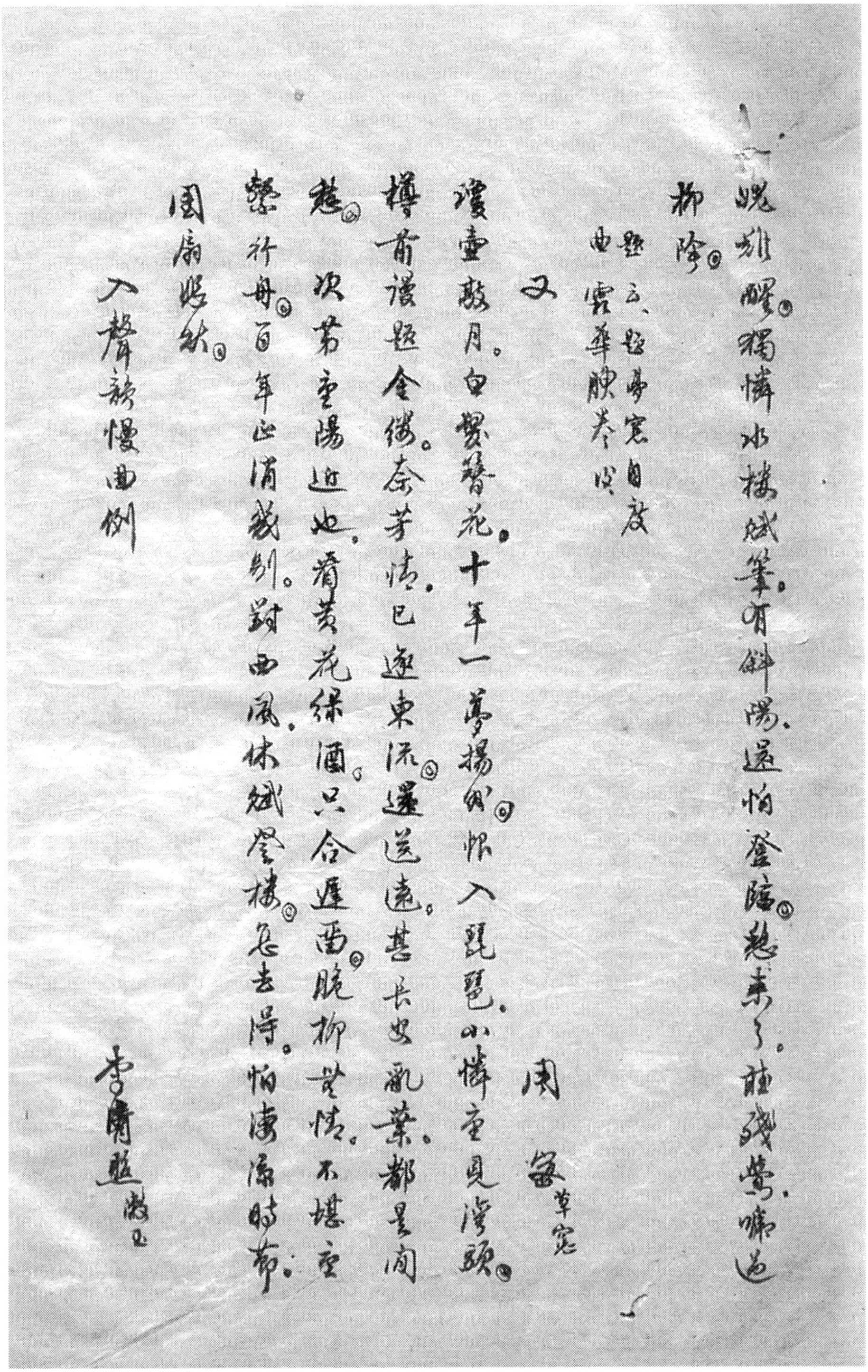

晚妝醒。獨憐水樓賦筆。有斜陽、還怕登臨。愁來了。誰殘鶯、啼過柳陰。

題云、題夢窗自度曲霜花腴卷後

又　周密 草窗

還盡數月。白鬢簪花。十年一夢揚州帳。入琵琶。小憐重見渡頭。樽前還題金縷。奈芳情已逐東流。還送遠。甚長安亂葉。都是閒愁。次第重陽近也。看黃花綠酒。只合遲留。脆柳蛩情。不堪重繫行舟。百年正消幾別。對西風休賦登樓。怎去得。怕淒涼時節。團扇悲秋。

入聲韻慢曲例

李[illegible]題 識

134（完）

鳴謝

《獅口虎橋獄中手稿》建基於因政治緣故入獄之眾人贈予我父親何孟恒的墨寶，他於1948年3月從老虎橋監獄獲釋後，即帶同這些手稿前往香港，並整理、修復《靖節先生集》，悉心保存，讓我們能於是次出版清晰展示。

我們很感謝本書三十多位作者，他們的作品提供了一道獨特的窗口，引領我們了解現今只有少數人認識的歷史片段。

我們也感謝陳登武教授發人深省的序文，為我們提供了歷史背景；黎智豐博士特別為2024年版《獅口虎橋獄中手稿》增添詳細的導讀；朱安培組織、整理各種文獻，撰寫編輯前言、龍榆生簡介，並點出龍氏與外公汪精衛的親密關係；陳德漢老師整理釋文；梁基永博士、潘妙蘭老師、陳登武教授、鄧昭棋教授指正；鄭羽雙協助整理材料。

何重嘉
汪精衛紀念託管會

意見回饋

是次問卷旨在收集讀者對本會出版之意見，
所收集資料除研究用途外，或會用於宣傳。感謝參與，
有賴您們支持讓本會出版更好的書！